W0467817

Love Is In The Air

DU MÊME AUTEUR

Un super héros sinon rien

À tes souhaits, volume 1

À tes souhaits, volume 2

Irresistible Love

Beautiful Love

Loving Hank

Someone New

Someone Real

Starting Over

Winter's Heart

Sparks Between Us

Promise Me

Just For Summer

Parus chez Montlake Romance

Sunshine

Always Sunshine

Parus aux éditions Reines-Beaux

Pour un sourire de Théo

Juste devant toi (version Brochée)

Parus chez BMR

Incroyable Fiancé

Toi + Moi = désastre assuré

ISBN : 979-10-94216-37-8

Crédits photos : Shutterstock

Design de couverture : © William Salvatore

Corrections et refonte : Team C & C

Love Is In The Air

Maddie D.

Chapitre 1

Prudence

16h30

Je finis de ranger mon espace de travail, prenant soin de mettre les dossiers urgents sur le haut de la pile pour lundi, puis je récupérai mes effets personnels et me dirigeai vers le bureau de mon boss.

Je frappai deux coups à la porte avant d'ouvrir et passai ma tête dans l'entrebâillement.

— Aaron ?

L'homme releva les yeux, abandonnant ce qu'il était en train de faire, et m'offrit un sourire chaleureux. Sa voix de baryton emplit toute la pièce lorsqu'il s'adressa à moi. Aaron Tanaka avait ce timbre impressionnant qui faisait trembler ses concurrents, mais quand il me parlait, on ne pouvait que noter l'affection qui y transparaissait.

— Tu rentres chez toi ?

J'ouvris un peu plus la porte et franchis le seuil.

— Oui. J'ai promis à Piper que je serai là pour le dîner. Ne tardez pas, vous non plus !

Aaron me tutoyait, mais je n'étais pas encore parvenue à passer le cap, malgré les trois années à bosser à ses côtés. J'étais son assistante et cheffe de bureau. Lui, me présentait à tous comme son bras droit dès que l'occasion se produisait, en dépit de ma gêne à chaque fois qu'il le faisait.

Mon boss hocha la tête, se leva et fit le tour de son imposante table de travail pour venir me rejoindre. Je l'observai tandis qu'il avançait vers moi, la démarche assurée et dynamique. Pour la millième fois au moins, depuis le début de notre collaboration, je me pris à penser qu'il ne faisait absolument pas ses soixante ans. À part quelques cheveux gris sur les tempes, son visage avenant ne portait pas les marques du temps. II était sans âge – certainement une conséquence de son métissage sino-américain. De temps à autre, il m'arrivait de lui envier son capital génétique. Aaron était de ces personnes sur lesquelles les gens se retournaient, peu importait leur sexe et leur âge. Il se dégageait de lui une aura et un charme indéniables. Sans rire, cet homme s'entretenait et il semblait avoir tout au plus quarante-cinq ans ! Et puis, d'après ce que j'avais pu voir ici et là dans les magazines people, il avait la pêche et il aimait que ses conquêtes soient relativement jeunes et/ou aient l'air tout droit sorties d'un défilé *Victoria Secrets.*

Je réprimai une grimace.

La dernière madame Tanaka en date devait grincer des dents devant les frasques de son tombeur d'époux, d'autant qu'elles étaient étalées en première page des tabloïds. Je détestais ces feuilles de chou, quand elles parlaient de mon patron. Quoiqu'il en soit, d'après ce que j'avais compris – éviter de lire la presse à scandale était quasi impossible lorsqu'on avait des amies comme les miennes et j'avais en outre fini par m'abonner à un de leurs trucs en ligne – leur couple battait de l'aile et l'ombre du divorce planait au-dessus d'eux depuis un certain temps. Ce qui m'amenait au point négatif de mon patron : Aaron Tanaka était un serial noceur.

Je ne sais pas qui je plaignais le plus : ses deux ex-femmes (si l'on comptait Monica, avec laquelle il était toujours lié par le mariage) ou lui. Ne parlons même pas de ses enfants. Mouais, définitivement eux, bien qu'ils aient tous été adultes. Heureusement qu'il avait décidé de ne plus en avoir après sa précédente union. D'après mes infos, ils – la progéniture d'Aaron – étaient trois et vivaient dans le coin. Aaron et sa famille se voyaient très peu. Ils étaient en froid depuis un bon bout de temps. Et c'était à peu près tout ce dont j'étais au courant. L'un des trucs qui me caractérisaient était le fait que je ne posais pas de questions. Quant à mon boss, il n'était pas du genre à se confier.

Si Aaron se trouvait être un véritable bourreau des cœurs, son charme n'avait aucun effet sur moi – tout au plus, le considérais-je comme un mentor. J'avais énormément d'admiration pour lui et il le savait. Bref, la « magie Tanaka » – comme je me plaisais à l'appeler lorsque j'étais seule, et bon, peut-être aussi en présence de mes amies Sophia et Sam – avait ses limites. Moi. J'avais dans l'idée que c'était l'une des raisons pour lesquelles j'avais été embauchée, trois ans plus tôt. La première et la plus importante étant que j'étais ultra compétente.

Travailler en étroite collaboration avec cet homme était juste grisant et honnêtement, je ne m'imaginais pas ailleurs que chez Tanaka Data Security ou TDS, le top du top de la sécurité informatique. C'était mon premier vrai job et je m'estimais chanceuse qu'il m'ait donné cette fantastique opportunité alors que je venais tout juste d'être diplômée et que je n'avais eu pas plus d'expérience que ça.

Aaron posa ses mains sur mes épaules et je sortis immédiatement de mes pensées. Lorsqu'il plongea ses yeux dans les miens, ils pétillèrent de malice.

— Je suis content que tu prennes un peu de temps pour toi. Je salue ton implication au sein de l'entreprise, mais je finissais par me demander quand tu comptais souffler un peu. Tu travailles trop, Miss McCall. Entre toi et moi, je me tâtais sur la question de te virer à grands coups de pied dans le derrière.

Je ris, amusée par ses propos.

— Ça va, Boss ! On est vendredi et...

Il ne me laissa pas le temps de terminer.

— Et la plupart du temps, tu ne lèves le camp que sur les coups de vingt heures. Oui, je sais.

Je haussai les épaules.

— Eh bien, je pars quatre heures plus tôt que d'habitude !

— C'est bien ce que je dis. Tu travailles trop. Continue comme ça, Prudence, et tu finiras comme moi.

Je ne lui demandais pas ce qu'il suggérait par là, néanmoins, il reprit :

— Ces quatre heures de plus, tu les passeras auprès de ton frère et de ta sœur. C'est important, la famille, ajouta-t-il sur un ton solennel.

Une ombre traversa son visage aussitôt ces quelques mots prononcés. Cela ne dura qu'un instant, tout au plus le temps de deux respirations. En fait, ce fut tellement rapide que j'aurais tout à fait pu l'avoir imaginé. Comme je l'avais déjà mentionné : mon patron n'était pas homme à s'épancher et si je savais une chose, c'est qu'il avait des regrets – à commencer par ses relations avec ses enfants. C'était vraiment triste. Parfois, comme en cet instant, je ressentais l'envie de plaindre mon boss et de le réconforter un peu, mais, toujours, je m'en abstenais. Ce n'était pas mon rôle. Pas mes affaires.

Je m'empressai de changer de sujet avant que mon mentor ne s'aperçoive que j'avais tout compris à son état d'esprit et qu'il en résulte une certaine gêne – celle où l'on cherche désespérément un truc à dire, ce qui n'aurait contribué qu'à alourdir l'ambiance. Parfois, les relations humaines étaient tellement difficiles ! Un véritable champ de mines.

J'optai donc pour un ton badin, assorti d'une grimace comique.

— En même temps, ne pas quitter la tour Tanaka devrait m'exposer à de sérieuses représailles. Piper serait capable de m'attacher sur un banc afin de me faire subir je ne sais quelle torture. Celle de la chèvre, certainement.

Avec un air totalement dépassé, Aaron leva les sourcils.

— La... chèvre ?

Je hochai vigoureusement la tête.

— Oui, vous savez ! C'est quand on vous enduit les pieds de miel et de sel. Les cristaux adhèrent à la langue de l'animal, la rendant plus râpeuse. La torture ne réside pas tant dans les chatouilles que dans le fait qu'au bout d'un moment, la langue de la biquette devient abrasive et arrache des lambeaux de peau de vos pieds, qui se transforment en charpie.

Le président de TDS me lança un drôle de regard sous un monosourcil. Ouais. Littéralement.

— D'où est-ce que tu sors ça ?

Je haussai une nouvelle fois les épaules.

— Un reportage sur Discovery Channel, je crois.

Reculant de quelques pas, il ôta ses mains de moi pour se tenir le ventre, tandis qu'il tentait sans y parvenir de juguler son hilarité. Le sourire aux lèvres, j'attendis qu'il recouvre son calme, secrètement ravie d'avoir contribué à sa bonne humeur.

Enfin, au bout de longues secondes, il reprit un visage sérieux – démenti par l'éclat rieur de ses prunelles sombres – et secoua la tête d'un air dépité.

— Vous avez de drôles de coutumes, chez les McCall.

— Ou une véritable passion pour le moyen-âge et ses tortures plus que barbares, rétorquai-je du tac au tac.

— C'est bien ce que je dis.

— Et encore, vous n'avez rien vu ! Vous savez, je suis la moins psychopathe de nous trois, je peux vous l'assurer.

Devant mon petit sourire en coin, Aaron secoua la tête et me lança un regard affectueux.

Jamais je n'aurais imaginé avoir un jour ce genre de connexion avec un supérieur hiérarchique, encore moins avec le grand patron. Nous étions bien loin de la conventionnelle relation boss-employée. En réalité, Aaron et moi plaisantions ensemble très souvent.

On aurait pu penser que le dirigeant d'une entreprise tel que lui – multimillionnaire, de surcroît – aurait été, je ne sais pas, très froid et sans cœur à cause de cette espèce de toute-puissance induite par sa position sociale, mais ça n'était pas le cas. C'était même tout le contraire. Tous ses employés s'accordaient à dire que le « Big Boss » était un type génial et ce n'était pas moi qui les aurais détrompés. Parfois, j'avais l'impression qu'Aaron était un sage veillant sur nous tous. Plus particulièrement sur moi, car il semblait y avoir un level supplémentaire : un petit côté protecteur, un peu comme un père avec sa fille. J'avais dans l'idée qu'il se comportait ainsi pour compenser l'absence d'interaction avec ses enfants – mais je m'étais toujours abstenue de lui en faire la remarque.

Alors, peut-être se montrait-il impatient et quelque peu égocentrique de temps à autre, mais c'était plutôt rare. La plupart du temps, Aaron était un patron extrêmement humain, droit et juste. Certaines fois, à l'excès. Mais qui étais-je pour le juger ? Si, comme je le pensais, il avait décidé d'expier quelque chose, autant ne pas l'en empêcher. Chacun trouvait son salut dans ce qu'il voulait.

Personnellement, moi, c'était dans le chocolat.

D'accord, c'était loin d'être aussi altruiste que les dons de mon patron aux pompiers, aux services sociaux à l'enfance, aux institutions accueillant des handicapés, mais à mon petit niveau, j'œuvrais également pour le bien de l'humanité. En effet, le cacao m'empêchait de me transformer en furie lorsque j'étais d'humeur chafouine. Et puis, de toute façon, j'envoyais deux fois par an un chèque au refuge animalier de mon quartier. Chacun son truc.

Pour être honnête, et si l'on faisait abstraction de sa manie de coucher à droite et à gauche, mon chef était loin d'être un saint. Il n'avait rien d'une entité divine ni ne marchait sur l'eau ; simplement, il y avait beaucoup de bon en lui ainsi qu'une authentique conscience citoyenne – et à moi, ça allait très bien comme ça. Encore une fois, cela n'avait rien d'original ou d'inédit, mais cet homme m'inspirait respect et admiration.

Je jetai un coup d'œil à ma montre et réprimai une grimace. Si je ne me décidais pas à partir tout de suite, j'avais de grandes chances de me retrouver dans les bouchons. Je devais encore effectuer un saut en ville, à la demande expresse de ma sœur et si je traînais, j'allais tomber en plein dans l'heure de pointe. Arriver en retard à la maison n'était pas une option. Si ça devait se produire, le prochain achat de Piper serait certainement une chèvre qu'on appellerait Herbert et qui prendrait un malin plaisir à me léchouiller la plante des pieds. Rien que d'y penser, j'en eus un frisson d'horreur. Je n'avais rien contre les biquettes – mais je tenais vraiment à continuer à marcher debout et pas sur les mains.

Un toussotement me ramena à la réalité et je m'aperçus qu'Aaron me fixait avec insistance.

— Prudence ? Où est-ce que tu étais encore partie ?

Je lui adressai un minuscule sourire contrit.

— Euh... Eh bien, j'étais tout simplement en train de penser à Herbert.

— Ton nouveau petit ami ?

— Non, la chèvre.

Je baissai la tête d'un air désolé en entendant le reniflement stupéfait de mon patron.

— Je crois que mon cerveau a pris le contrôle et qu'il est parti en vacances à Digressions-Ville.

Mon boss en m'envoyant un regard empli de compréhension.

— Et moi, je pense qu'il est amplement temps que tu quittes mon bureau. Passe le bonjour à ta famille et profite de ton week-end. Nous parlerons de choses sérieuses lundi.

Je le fixai un instant, les sourcils froncés. Tout mon visage trahissait mon étonnement et ma curiosité, j'en étais certaine. On pouvait lire en moi comme dans un livre. J'attendis un moment, retenant ma respiration, dans l'espoir que quelque chose viendrait. Cependant, mon patron me fit comprendre d'un regard qu'il ne m'en dirait pas plus. Alors je n'insistai pas et, après lui avoir une nouvelle fois dit au revoir, je sortis enfin du bureau.

À l'instant où je franchissais le seuil, la voix d'Aaron s'éleva dans mon dos.

— J'aurai besoin de toi, jeudi prochain.

Vite, je compulsais mentalement son emploi du temps pour les jours suivants, mais le boss fut plus rapide que moi et précisa :

— Le gala de charité au profit...

— Au profit de l'hôpital des enfants ! finis-je à sa place tout en lui faisant face de nouveau.

Un peu déroutée, je lui lançai un regard surpris.

— Je croyais que votre...

Je butai sur la fin de la phrase, n'étant pas certaine de ce que je devais dire. Comme cet homme parlait assez peu de sa vie privée, je ne savais pas vraiment sur quel pied danser. Devais-je appeler Monica sa femme ou son ex ? Il n'avait en tout cas pas l'air de vouloir m'aider. Un sourire narquois sur les lèvres, ses bras croisés sur son torse, il m'observait comme s'il comptait que je lui pose la question. Mais ce n'était pas mon genre. Même si une part de moi était curieuse de connaître le fin mot de l'histoire. Je refermai la bouche et attendis patiemment que mon boss me dise pourquoi il sollicitait ma présence au gala de charité.

— Non. Monica ne m'accompagnera pas. Elle... a d'autres obligations qui la retiennent ailleurs.

Je pouvais ajouter « pratique la langue de bois » aux compétences de cet homme. Quoi qu'il en soit, il ne m'en dit pas plus et moi, je ne posai pas de question.

— Très bien, je vous escorterai. Un code vestimentaire particulier ?

Il réfléchit un instant, les sourcils froncés.

— Je te ferai passer les infos à ce sujet. Toutefois, il me semble me souvenir que ce n'était rien d'extravagant.

J'opinai doucement du chef et un nouveau sourire joua sur les lèvres d'Aaron avant qu'il ne reprenne la parole.

— Puisque c'est entendu, rentre chez toi.

Je ne me le fis pas dire deux fois et après l'avoir salué, je sortis.

Sur le chemin menant aux ascenseurs, je passai près de mon office et, après un instant d'hésitation, m'y précipitai pour récupérer les dossiers que j'avais placés en haut de la pile, un peu plus tôt. Ramener un peu de travail à la maison n'était pas un crime et cela me permettait de m'avancer un brin ; ce qui ne serait pas négligeable, compte tenu du fait que nous nous apprêtions à sortir simultanément deux logiciels inédits de sécurité informatique, dont un totalement innovant – et surtout top secret.

Mes précieux dossiers sous le bras, je me dirigeai vers l'ascenseur. Arrivée à l'intérieur, je pressai le bouton correspondant aux parkings souterrains de la tour Tanaka et laissai échapper un petit soupir las. J'aurais donné n'importe quoi pour, une fois à la maison, me rendre directement sous ma couette, mais Piper ne me l'aurait jamais pardonné, alors mon lit m'attendrait. Ce n'est pas comme s'il allait s'envoler.

Chapitre 2

Prudence

Après une heure coincée dans les bouchons – un accident survenu sur la bretelle d'autoroute menant en ville – un saut express à ma pâtisserie préférée pour acheter un gâteau trois chocolats – la perfection existait et ce dessert en était la preuve – je me garai enfin devant chez moi.

Cette maison typique du Sud, c'était notre chez nous, à Parker, Piper et moi ; notre nid, et surtout l'une des rares choses qui nous restaient de nos parents. Ils nous avaient quittés quatre ans plus tôt, fauchés par un conducteur ivre. À vingt ans, je m'étais retrouvée chef de famille, à devoir prendre soin de Piper, alors lycéenne, ainsi que de notre frère, qui rentrait dans l'adolescence. Leur décès soudain nous avait dévastés, cela nous avait également rapprochés. Depuis, nous nous serrions les coudes et étions pratiquement inséparables.

Ce n'était pas gagné d'avance. J'étais à la fin de mes études quand le drame était arrivé et je n'avais aucune idée de comment faire pour nous en sortir. Pour couronner le tout, les mauvaises langues de la famille éloignée avaient ouvert les paris concernant le temps qu'il me faudrait pour être complètement dépassée et que Piper et Parker se retrouvent en foyer d'accueil. Alors qu'ils pleuraient comme moi la disparition de nos parents, ils avaient joué le jeu, se montrant aussi responsables et faciles à vivre qu'ils le pouvaient.

Et nous nous en étions sortis.

Aujourd'hui, j'avais un job, Piper allait à l'université et Parker avait non seulement d'excellents résultats au lycée, mais, d'après le coach Richards, il était également un quarterback surdoué. Je n'aurais pas pu être plus fière d'eux, de nous. N'en déplaise à tous ces gens qui nous avaient donné perdants et qui ne faisaient désormais plus partie de nos vies, de près ou de loin. Nous étions seuls, mais nous nous suffisions.

Une fois sortie de la voiture, je remontai rapidement le chemin, mes dossiers dans une main, le gâteau dans l'autre et la lanière de mon sac serrée entre mes dents. Ouais, j'étais multitâche. Même pas peur. Shiva pouvait aller se rhabiller, j'étais dans la place !

Trois marches, et je me retrouvai devant la porte avec zéro moyen pour l'ouvrir. Je fermai les yeux, dépitée. Rétrogradée au rang de simple mortelle, je me sentis un peu jalouse de cette grognasse de Shiva et de ses huit bras – à moins que ce ne fut six ? Mais n'en déplaise à la déesse, j'avais de la ressource et des pieds. Je frappai à la porte du bout de ma bottine à talons à trois cents dollars. T'en dis quoi, Shiva ? Ce n'est pas toi qui aurais pensé à ça, hein !

Le bruit de pas précipités me parvint depuis l'intérieur de la maison. La porte s'ouvrit sur mon petit frère – seize ans, un mètre quatre-vingt-dix et soixante-dix-huit kilos de muscles. Autant dire qu'à côté de mon mètre presque soixante et de mes cinquante kilos, il avait tout l'air d'un géant.

Parker me fixa et jaugea la situation en prenant tout son temps, un sourire goguenard aux lèvres.

— On dirait que t'es chargée, sœurette !

Sans blague ! Ma mâchoire commençait à hurler à l'aide et cet idiot restait planté devant moi sans me donner un coup de main. Remarque, je pouvais peut-être avoir ma place dans le Guinness des records. Je voyais déjà ça d'ici : Prudence McCall, la femme à la mandibule d'acier, ou un truc comme ça.

Je plissai les yeux avant de répondre comme je le pus :

— Chu' ou'ai'ai'er ?

Parker se pencha vers moi, une main tendue près de son oreille.

— Hu ? Pas compris. Tu pourrais faire un effort pour articuler ?

Sale gosse !

Je le fusillai du regard, ce qui n'eut pour seule conséquence que de le faire rire bêtement.

Piper déboula soudain de nulle part et lui flanqua une tape derrière la tête. Mon frère laissa échapper un grognement moitié indigné moitié douloureux, mais il continua de se marrer comme une baleine. En frangine parfaite, Piper me libéra de ma sacoche – mes dents l'en remercièrent – et sans ménagement, le plaqua contre le torse de Parker. Après quoi, elle s'empara de la boîte contenant le gâteau. Sauvée par Wonder Woman.

— C'est le trois chocolats ? me demanda-t-elle.

Je hochai la tête et les yeux de Piper se mirent à pétiller. Sans attendre, elle tourna les talons et rentra dans la maison. Je la suivis.

— Hé ! Pourquoi c'est Piper qui a le gâteau alors que moi, j'ai le sac de meuf ? protesta Parker, resté sur le porche.

— T'avais qu'à m'aider au lieu de te moquer ! lui lâchai-je sans me retourner.

Quelques instants plus tard, je rejoignis ma sœur dans notre cuisine, mon grand dadais de frangin juste derrière moi.

— Je pourrai quand même en avoir ?

Refermant la porte du réfrigérateur dans lequel elle venait de ranger le dessert, Piper me lança une œillade dont je compris immédiatement la signification. Je plaquai donc un sourire mielleux sur mon visage avant de fixer intensément mon frère.

— Je ne suis pas certaine que tu les mérites. À moins que… (je fis mine de réfléchir) non. Ce serait trop facile. Tu t'es fichu de moi, alors tu nous regarderas le manger.

— Tu peux pas me faire ça, Pru ! Tu sais comme je kiffe ce gâteau ! C'est… C'est ma raison de vivre !

Je secouai la tête, intraitable.

— Fallait y penser avant que je manque de perdre mes dents.

Piper se détourna en se mordant les lèvres et se mit à ouvrir puis refermer un à un les placards, à la recherche de je ne sais quoi – certainement un moyen de ne pas exploser de rire.

Parker avança vers moi un visage désespéré.

— Oh… S'il te plaît… Je ferai tout ce que tu veux !

J'aimais quand on en arrivait à cette partie. Restant sur ma lancée, j'agitai une main avec nonchalance.

— Nan. N'insiste pas, petit frère. C'est trop tard...

— Steuplé ?

Je le fixai un moment, faisant mine de peser le pour et le contre.

— Tout ce que je veux, hein ?

Il opina du chef frénétiquement.

Je poursuivis :

— Tout ce que je veux comme dans « Pru, je te promets de ranger ma chambre » ?

— Ouais, je ferai ça.

Il se figea en se rendant compte qu'il venait de se piéger tout seul. Piper éclata de rire ; quant à moi, j'eus du mal à ne pas en faire de même. Ça avait été tellement facile de l'amener là où je voulais ! Mon frère était adorable, mais il était véritablement bordélique et moi, j'avais autre chose à faire que de passer derrière lui. Et puis, il avait seize ans, pas cinq. Ce qui aurait été acceptable à cet âge-là ne l'était plus aujourd'hui. Je ne savais pas comment il faisait pour retrouver quoi que ce soit dans le capharnaüm qui lui servait de chambre.

— On a un deal ? lui demandai-je dans un sourire.

Il hésita, ouvrit la bouche pour protester, mais je ne lui en laissai pas l'occasion. J'avais décidé que, cette fois, j'allais tenir bon. Il était le bébé de la famille, je l'adorais, mais tout ça avait des limites.

— Parker, si tu ne veux pas nous regarder, Piper et moi, déguster cette merveille sans te donner la moindre miette, tu ferais mieux de faire ce que je te demande.

J'appuyai mes dires en croisant mes bras sur ma poitrine et en le fixant, le visage sévère.

Notre sœur se retourna vers nous pour enfoncer le clou.

— Ouh, là, là… Pru a sorti l'artillerie lourde !

Seigneur. Elle ne m'aidait pas, là. Elle avait l'air aussi crédible que je l'étais. Quoi qu'il en soit, elle continua :

— À ta place, je…

Park soupira.

— C'est bon, c'est bon, les frangines. On a un deal ! concéda-t-il en grommelant, vaincu.

Nous nous serrâmes solennellement la main – Parker boudant un peu, tandis que j'effectuai mentalement un moonwalk. Satisfaite, je récupérai mon sac et sortis de la cuisine mes dossiers toujours sous le bras. Direction l'étage et ma chambre. J'avais soudainement besoin d'un peu de répit et d'une douche avant qu'on se retrouve tous les trois pour préparer le repas.

— Au fait, Sam et Jayden ont confirmé pour demain soir. Pareil pour Sophia, m'apprit Piper juste avant de mettre un énorme morceau du gâteau au chocolat dans sa bouche.

À la mention du prénom de ma collègue et amie, le visage de Parker prit une jolie teinte coquelicot. Depuis la première fois qu'il avait rencontré Sophia, mon frère avait le béguin pour elle. Il faut dire qu'elle était sacrément canon avec ses cheveux blonds, ses grands yeux bleus et son corps de rêve. En plus, pour ne rien gâcher, elle était intelligente et drôle.

Piper se moqua gentiment de lui.

— Ben alors, Park ? Toujours amoureux ?

— Ça va, Piper..., maugréa-t-il.

Elle lui lança un clin d'œil.

— Toujours pas de petite amie en vue ?

— Et toi ? Toujours en train d'embrasser des crapauds ?

Le sourire aux lèvres, j'observais mon frère et ma sœur se chamailler. Nos parents auraient été fiers de nous voir nous entendre aussi bien.

Un pincement m'étreignit le cœur et je perdis soudain l'appétit. La tristesse reprit ses droits et je repoussai discrètement mon assiette, avant de me lever, l'air de rien, pour débarrasser ma place. Je sentis le regard de ma frangine peser sur mon dos tandis que j'allais vers la poubelle. Elle ne fit aucun commentaire, mais au fond, je supposais qu'elle avait deviné à quoi je pensais. Être aussi soudés avait autant d'avantages que d'inconvénients : on n'avait pas besoin d'explications pour savoir ce que les autres ressentaient.

Je rangeai mon assiette dans le lave-vaisselle, luttant pour parvenir à garder un visage serein. Je ne voulais pas gâcher l'ambiance, surtout pour Parker. De nous trois, il était celui qui avait était le plus touché par la mort de nos parents. Je me concentrais donc sur la conversation légère de mon frère et ma sœur. Leurs rires pansèrent la plaie encore à vif de mon cœur. Ils étaient ma force.

Je passai les cinq minutes suivantes à les écouter tandis que je préparais le thé puis, une fois la bouilloire prête, j'attrapai les tasses, du sucre et disposai le tout sur un plateau avant de revenir à table. Ma sœur et moi nous servîmes. Comme maman, nous aimions le thé – mais uniquement le soir. Ce n'était pas le cas de Parker qui ne ratait jamais l'occasion de se moquer de nous. Il disait que nous étions de vieilles ladies, et ce soir ne dérogeait pas à la règle.

Nous discutâmes encore de longues minutes. J'appréciais ces moments en famille, trop rares en raison de nos emplois du temps. Piper menait une vie d'étudiante et il lui arrivait de rentrer tard, soit parce qu'elle avait passé des heures à la bibliothèque, ou qu'elle sortait avec ses amis. Quant à moi, j'étais un bourreau de travail et régulièrement, je débarquais à la maison après 20 heures. Parker se gérait donc seul, la plupart du temps. En outre, il était lui aussi très occupé avec ses entraînements de football. Alors, ces moments tous les trois, nous en profitions, nous les chérissions.

Parker ayant proposé qu'on se fasse une soirée console, nous migrâmes tous trois au salon, sans cesser de nous envoyer des vannes. Certains jouaient aux cartes, d'autres au Monopoly ; nous, notre truc, c'était ça : les jeux vidéo. J'étais une boss à Mario Kart, mais Piper et notre frère se débrouillaient plutôt bien et il leur arrivait de me mettre en difficulté – un coup de chance, la plupart du temps. Ce soir, crevée ou pas, c'était décidé : j'allais les laminer.

Chapitre 3

Prudence

Contrairement à d'habitude, je traînais au lit toute la matinée. J'avais la flemme de me lever et même si mes dossiers ramenés du travail me faisaient de l'œil depuis le fauteuil sur lequel je les avais posés la veille, je décidai de les ignorer. Je me tournai et me rendormis, bercée par les ronronnements de Georges, le chat.

Cet animal était une véritable énigme : il passait son temps à se cacher de nous – je soupçonnais qu'il devait y avoir des galeries secr*ète*s dans cette maison, tant ce matou était invisible, malgré les croquettes qui diminuaient dans sa gamelle – mais chaque soir, au moment de me coucher, il était là, assis sur son derrière, au beau milieu de mon lit, dardant sur moi son étrange regard jaune. Nous l'avions adopté un an plus tôt, dans le refuge situé non loin de chez nous et s'il semblait se tenir le plus loin possible de nous pendant la journée – hypothèse numéro deux : peut-être menait-il une double vie ? – il devenait un vrai pot de colle la nuit, mon garde du corps perso. Je crois qu'en fait, il m'avait choisie. J'*étais son* humaine.

Vers onze heures, j'ouvris les yeux. Je m'étirai en gémissant de satisfaction, j'avais bien dormi et je me sentais reposée. Georges en profita pour venir se scotcher sous mon aisselle droite et... se mit à téter mon dessous de bras, rentrant et sortant tour à tour ses griffes avec bonheur. Je ne bougeai pas, sachant très bien que si j'esquissais le moindre mouvement, le greffier me planterait ses petites griffes acérées dans la peau. Les chats dominaient le monde et j'étais l'esclave de Georges. Je voulais me réincarner en matou.

Je me laissais faire pendant une dizaine de minutes puis repoussai gentiment le félin qui me lança un regard courroucé. Je l'amadouai en lui promettant de remplir son auge dans les plus brefs délais, puis après une caresse entre les deux oreilles, je me levai.

Après une bonne douche, je descendis dans la cuisine où je fus accueillie par Piper, fringante comme tous les jours. Elle me sauta littéralement dessus.

— Joyeux anniversaire, grande sœur ! chantonna-t-elle tandis qu'elle m'étreignait contre elle.

Je la remerciai en riant et une fois qu'elle m'eut lâchée, j'allais me chercher une tasse.

— Qu'est-ce que tu fais ? Veux-tu bien aller t'asseoir ? me réprimanda-t-elle en se plaçant entre la cafetière et moi.

L'instant suivant, elle hurla :

— Parkeeeeeer ! Ramène tes feeeeeesses !

À l'étage, une porte claqua puis un bruit de pas précipités se fit entendre. Mon frère dévala l'escalier avec autant de légèreté qu'un troupeau de gnous et quelques secondes plus tard, il déboula dans la cuisine.

— Salut, la vieille ! me salua-t-il avant de me serrer contre lui à m'en étouffer.

Je toussotai avec difficulté.

— Parker, j'aimerais vivre au moins une journée de plus !

Mon frangin me libéra sur-le-champ.

— Tout de suite, les grands mots ! T'as pas fini de jouer les *Drama Queen ?*

Il se pencha et plaqua un baiser sonore sur ma joue avant de me conduire vers l'îlot central autour duquel il m'assit de force.

— Tu bouges plus ! m'ordonna-t-il dans un sourire lumineux.

Je hochai la tête et restai tranquille, observant Piper et Parker s'affairer autour de moi et se chamailler. J'affectionnais cette ambiance joyeuse et bruyante ; les regarder interagir entre eux me rappelait à quel point nous étions chanceux de nous avoir. Nous avions réussi à conserver tout l'amour que nos parents nous avaient donné et nous l'avions fortifié. Nous n'étions pas parfaits, mais nous nous adorions.

Une délicieuse odeur de bacon grillé s'éleva dans la pièce et je me pris à saliver d'avance. C'était ma journée spéciale et mon frère et ma sœur se mettaient en quatre pour me satisfaire. Bientôt, ils posèrent devant moi un petit-déjeuner pantagruélique puis s'installèrent à leur tour. Je m'empressai de goûter à mes œufs brouillés.

— Quel programme pour aujourd'hui ? me demanda Parker.

Je reposai ma fourchette.

— Eh bien, j'ai ces dossiers qu'il faut que je lise…

Piper pinça les lèvres et m'envoya un regard réprobateur.

— Tu as *encore* ramené du travail à la maison ! Tu ne pourrais pas faire une exception, juste pour ce week-end ?

Je détournai les yeux, un brin gênée.

Parker renchérit :

— Elle a raison, sœurette... C'est ton annif' et tu comptes passer la journée à bosser ? Je suis certain que ton boss ne va pas te taper sur les doigts si tu décides de penser un peu à toi.

Je pris une bouchée de bacon, profitant de ce répit pour réfléchir à une contre-attaque, puis je reposai mes couverts et offris à mes frangins un petit sourire.

— Je n'en aurai pas pour tout le week-end, c'est promis.

Ma sœur me fixa d'un air dubitatif que je contrai par une moue apaisante.

— Je souhaitais juste m'avancer. Et puis, ça ira assez vite.

— Mouais. C'est ce que tu dis à chaque fois. Quand est-ce que tu prends un peu de temps pour toi ? Et pour nous ?

Je tendis mon bras par-dessus la table et mis ma main sur la sienne.

— Laisse-moi une heure pour les lire, tu veux bien ? Ensuite, je les reposerai et n'y toucherai plus jusqu'à lundi.

Avec un regard méfiant, elle me répondit :

— Vraiment ?

— Je le jure.

Je dessinai une minuscule croix sur mon cœur.

— Croix de bois, croix de fer, si je mens, je vais en enfer.

Mon frère et ma sœur levèrent les yeux ciel.

— Sérieusement, qui dit un truc comme ça, de nos jours ? marmonna Piper.

Parker lui décocha un petit coup d'épaule.

— Les vieux, Piper, les vieux ! N'oublie pas qu'elle passe justement dans cette classe d'âge aujourd'hui !

J'ouvris de grands yeux, feignant d'être indignée.

— Hé ! J'ai pas bien entendu, là !

Parker ricana et se pencha vers Piper.

— Tu vois ? Qu'est-ce que je te disais : déjà un pied dans la tombe.

J'agitai ma fourchette dans sa direction.

— T'es qu'un sale gosse, Parker Phœbus McCall !

Il laissa retomber sa tête en arrière en grognant de dépit.

— C'est pas vrai... Tu vas pas remettre ça sur le tapis ! Tu sais que je déteste quand tu m'appelles comme ça !

Piper se mit à rire, se moquant gentiment de lui.

— Tu veux qu'on jette un sort, Phœbe ?

Parker lui lança un regard assassin.

— Sérieux ? Toi aussi, tu t'y mets ?

Il leva les bras en l'air, demandant au Bon Dieu ce qu'il avait bien pu faire pour mériter ça. Je bus une gorgée de café avant de lui offrir un rictus un rien sadique.

— Console-toi en te disant qu'au moins, tu as eu de la chance de ne pas être une fille et que papa ait *réussi à convaincre* notre mère de te nommer Parker plutôt que Phœbus.

— Faut avouer que c'est particulièrement moche, commenta Piper.

— Maman était quand même sacrément frappée, parfois, lâcha Park dans un sourire empli de nostalgie.

— C'est pour ça que notre père l'aimait, rétorquai-je avec douceur.

C'était un fait, notre mère avait été pour le moins originale, concernant nos prénoms. Du moins, c'était comme ça que je voulais expliquer son choix. Elle aurait pu opter pour tout autre chose, comme, je ne sais pas, Rachel, Rainbow et River, mais puisque je m'appelais déjà Prudence, elle avait préféré prénommer mon frère et ma sœur d'après sa série télévisée favorite : Charmed. Alors oui, heureusement que Parker n'était pas une nana. Grâce à cela, nous avions, tous trois, échappé au pire. Nous en plaisantions entre nous, mais je n'osais imaginer les railleries des mômes du quartier si Parker était né Phoebe. Parfois, les gens avaient de drôles d'idées concernant leurs gosses. Une femme avait bien nommé son fils Kal El, c'était dire…

Je finis mon assiette et bus mon café en discutant avec mon frère et ma sœur. Piper était sur le point de passer ses premiers examens du semestre et elle prenait ça plutôt bien. Je ne m'inquiétais pas plus que ça, car elle était une bosseuse. Parker, quant à lui, me donna les dates de ses prochains matchs et me demanda si je comptais venir l'encourager. Ces jours-là allaient être bloqués dans mon emploi du temps, comme il se devait. J'étais impliquée dans la scolarité de mon frère, il le savait, mais avait besoin d'être rassuré en permanence. Piper et lui étaient mes priorités et je ne considérais aller nulle part ailleurs qu'à ses rencontres sportives. Je lui confirmai immédiatement qu'il devrait donc faire avec sa grande sœur à moitié grabataire et pouvait compter sur moi pour lui mettre la honte devant ses coéquipiers.

Il leva les yeux au ciel, mais j'étais certaine que mes mots l'avaient apaisé.

Au fond de moi, j'espérais qu'un jour, il passerait par-dessus le sentiment d'insécurité laissé par la mort de nos parents. Je ne pouvais lui reprocher : il était très jeune et nous gérions leur absence chacun à notre manière.

Au moment où je fis mine de me lever pour débarrasser ma place, Parker me fusilla du regard et je me rassis, penaude. Pile à cet instant, on sonna à l'entrée. Piper se mit debout avant même que j'esquisse un geste.

— Pas question que tu bouges ! me dit-elle en pointant un index péremptoire dans ma direction avant de filer ouvrir la porte.

Je l'entendis parler brièvement avec un homme puis elle revint les bras chargés d'un énorme bouquet de fleurs et d'un paquet estampillé au nom d'une célèbre confiserie.

— C'est pour toi, m'apprit-elle.

Mon frère et ma sœur me fixèrent avec étonnement tandis que je récupérai les présents.

— Qui t'a envoyé ça ? m'interrogea Parker.

Je haussai les épaules.

— Pas la moindre idée.

— Pru ? Tu nous caches quelque chose ? s'enquit ma sœur.

— Et que crois-tu que je pourrais bien avoir à vous « cacher », comme tu dis ?

— Je sais pas, moi... Un truc du genre grand, musclé et de sexe masculin ?

Je ris.

— Attends, il y a une carte, dis-je.

Piper ne me laissa pas le temps de voir ce qui y était inscrit. Un large sourire aux lèvres, elle s'en empara et la lut à haute voix.

« Chère Miss McCall, je te souhaite un joyeux anniversaire. J'espère que les chocolats te plairont. Affectueusement, Aaron. »

Le sourire de Piper s'évanouit tandis que le mien s'étendait.

— Même pas drôle, c'était ton patron !

— Et qu'est-ce que tu attendais ?

— Un mec, ma sœur adorée ! Un putain de mec, un dieu du sexe qui te ferait grimper aux rideaux, bordel !

— La la laaaa ! J'entends riiiien ! chanta Parker à tue-tête, les mains plaquées sur ses oreilles.

Piper les lui ôta d'un geste un peu brusque.

— Hé, je souhaite pas participer à cette conversation, moi !

— Arrête de te plaindre et écoute-moi. Sérieusement, Park, t'as pas envie que notre frangine se trouve un copain ? Elle mène l'existence d'une nonne et encore, je suis presque sûre qu'une bonne sœur en a une plus trépidante !

— Nan ! Tu peux pas me demander un truc pareil ! Piper, on parle de Pru, là ! Elle n'a pas de vie sexuelle, elle ne peut pas en avoir une. C'est juste... c'est comme une, euh, mère Thérésa ou je sais quoi !

— Arrête tes bêtises. Pru est une femme adulte et elle a des désirs.

— Aaargh ! Mais non ! Je veux pas imaginer ça. Oh, mon Dieu. Je vais être obligé de laver mes yeux. Seigneur, est-ce qu'au moins, je peux faire pareil avec mon cerveau ? Merci, Piper, maintenant je vais avoir besoin d'une thérapie, je suis traumatisé à vie !

Moi, je n'étais pas loin de l'être, en tout cas. Je ne savais pas ce qui était le pire : que Piper avait cru que j'avais un petit ami, qu'elle avait été déçue en découvrant que les fleurs et le chocolat venaient de mon patron ou que mon frère et ma sœur se chamaillaient à propos de ma vie sexuelle – ou plutôt de son absence.

J'ouvris ballotin de bouchées chocolatées et en piochai une au hasard. J'avais besoin de réconfort sucré pour oublier que Piper me considérait comme une nonne et que Park me voyait comme un être asexué. Et oui, j'avais tout juste vingt-quatre ans et la boîte de vitesses de ma bagnole avait plus de rapport que moi.

Triste était ma vie.

Chapitre 4
Prudence

Vers dix-huit heures, mes amis arrivèrent à la maison. Si je fréquentais Sophia très souvent – nous travaillions toutes deux pour TDS et déjeunions ensemble trois fois par semaine – il n'en était pas de même pour Sam. Elle et moi nous connaissions depuis le collège et jusqu'à la fac, nous étions toujours fourrées l'une avec l'autre. Mais désormais, nos emplois du temps respectifs nous empêchaient de nous voir aussi fréquemment que nous l'aurions souhaité. Et puis, depuis quelques mois, elle était mariée à Jayden, son amour de lycée et le mec le plus fantastique qu'il m'ait été donné de rencontrer – après mon petit frère, ça allait de soi – et je ne voulais pas les déranger. Quoi qu'il en soit, ce soir, j'étais comblée. Passer mon anniversaire, entourée de tous les gens que j'appréciais était la cerise sur le gâteau de cette journée.

Sam me prit dans ses bras et m'étreignit avec force, puis son époux me déposa un baiser sur la joue avant de m'ébouriffer les cheveux.

— Joyeux anniv, Minipouss ! me dit-il gaiement, ignorant mon regard noir à la mention du surnom qu'il m'avait donné lorsque nous étions en première année de lycée.

Sam le rabroua gentiment.

— Jayden, chéri, qu'est-ce que je t'ai déjà dit ? On ne se moque pas des gens défavorisés par leur taille ! Excuse-toi.

Je levai les yeux au ciel, blasée. Sam appréciait me taquiner au sujet de mon mètre presque soixante, alors qu'elle n'avait que cinq centimètres de plus que moi et un mari aussi grand et balèze qu'un yéti. Ils formaient tous deux le couple le plus adorable que je connaissais et il suffisait de voir les regards amoureux qu'ils se lançaient pour que mon cœur se transforme en chamallow. Moi également, je voulais rencontrer un homme qui me contemplerait comme si j'étais son univers. Soupir rêveur...

Sofia me bouscula gentiment. Si j'avais été plus grande, son geste aurait consisté en un léger coup d'épaule, mais comme j'étais riquiqui et elle, une girafe, cela donna un truc bizarre un peu comme une figure de hula-hoop. Ajouté à cela sa maladresse et le fait qu'elle ne maîtrisait pas sa force et je trébuchai, manquant de me retrouver par terre.

— Soph... Évite de casser notre copine le jour de son anniversaire, pouffa Sam.

— Oups..., s'excusa la grande blonde qui alla saluer Piper, puis un Parker aussi rouge qu'un feu de circulation.

Il balbutia un bonjour puis s'enfuit dans la cuisine.

— Ben qu'est-ce qu'il a ? demanda Sam.

— Il craque sur Sophia, lui expliqua ma sœur, un grand sourire aux lèvres et assez fort pour que notre frère l'entende.

Sophia ouvrit de grands yeux.

— Sérieux ?

Je haussai les épaules avec désinvolture.

— À ton avis ?

Mon amie joignit ses mains et les pressa sur sa joue, la tête légèrement inclinée.

— Han ! Il est trop mignon ! dit-elle en battant exagérément des cils.

— Il est surtout trop jeune pour toi ! rétorqua Sam.

— Pfff... Tu comprends rien, toi ! Dans quelques années, ça ne se verra plus. Et puis, qu'est-ce que c'est, sept ans d'écart, quand on s'aime ?

Je manquai de m'étrangler. Avait-elle bien dit ce que je venais d'entendre ?

— Mais quelle cougar, celle-là, ricana Jayden, tandis que Sam, Piper et moi braquions des yeux outrés sur ma collègue.

Elle nous offrit un sourire angélique et je compris enfin qu'elle plaisantait.

— Pas de ma faute si je suis irrésistible... C'est toute l'histoire de ma vie : vous ne savez pas ce que c'est d'avoir un tel charme ravageur !

J'explosai de rire.

— Mais qu'est-ce qu'il faut pas entendre !

— Ben quoi ? C'est l'entière vérité !

Je passai mon bras sous le sien et l'entraînai vers le salon.

— Allez, belle-sœur, on va pas rester plantés dans le couloir toute la soirée ! La bouffe et ton futur mari attendent. Si madame la déesse de l'amour veut bien se donner la peine…

— Oui, les simples mortels ont les crocs, renchérit Sam.

Nous passâmes près de Piper qui articula silencieusement un « elles sont tarées ».

D'accord, on l'était. J'avais les meilleures amies du monde, quant à Jayden il se posait là, lui aussi. Pas étonnant qu'il ait choisi Sam.

Nous passâmes une bonne soirée. Le repas fut excellent, bien arrosé et désormais, j'étais un peu pompette, et je rigolais à chaque bêtise de mes convives.

Le truc que je préférais dans les annivs était quand je devais souffler mes bougies. Dans ces moments-là, j'étais comme une gamine, tapant ses mains d'excitation. Ma famille et mes amis étaient réunis autour de moi et ils avaient chanté « joyeux anniversaire » encore plus faux que l'année précédente. C'était devenu une tradition.

Le gâteau devant moi, je fermai les yeux et pensai très fort au seul vœu que je voulais formuler : que tout se passe aussi parfaitement pour moi et les miens durant l'année à venir.

Un léger sourire aux lèvres, je pris une profonde inspiration et soufflai mes vingt-quatre bougies. Je rouvris mes paupières sous les applaudissements et sifflements de tous. À cet instant-là, tout ce qui comptait était de les voir si joyeux. Parfois, le bonheur se résumait à peu de choses : un foyer aimant, des amis en or et le sentiment intangible et pourtant si présent que papa et maman veillaient sur nous. Oui, j'étais comblée.

Piper me tendit un sac cadeau dans lequel je trouvai les derniers tomes de mes auteurs préférés de romance. Bien que je possédais une liseuse contenant des centaines de titres que je dévorais comme des chocolats, j'étais heureuse d'avoir les versions physiques dans ma bibliothèque. Il y avait quelque chose dans les livres papier – peut être l'odeur de l'encre ou la sensation de mes doigts sur les pages – dont je ne pouvais me passer. Mes journées étant ce qu'elles étaient, je n'avais pas le loisir de me rendre dans une librairie aussi souvent que je l'aurais souhaité, alors j'étais touchée que Piper m'ait fait ce présent.

Parker, quant à lui, m'offrit une bouteille de mon parfum ainsi qu'une photo de nous trois, prise quelques mois plus tôt et disposée dans un joli cadre en bois flotté. Lorsque je les remerciai, mon frère et ma sœur me firent un gros câlin, sous les regards émus de mes amis.

Ce fut ensuite au tour de Jayden de poser un paquet devant moi. Je le fixai avec surprise en constatant que cela semblait venir de lui seul, Sam étant restée à l'écart. Un coup d'œil dans sa direction me permit de voir que je ne me trompais certainement pas, à en croire le sourire un rien sadique qui lui barrait le visage. Je sus immédiatement qu'elle préparait quelque chose, j'en aurais mis ma main à couper. Quoi qu'il en soit, je reportai mon attention sur le cadeau de son mari et poussai un cri de ravissement lorsque je découvris une paire de délicates boucles d'oreilles ornées de petites pierres bleues.

— Elles sont de la couleur de tes yeux, dit-il en se frottant la tête d'un air gêné.

Il était tellement adorable. Émue, je me levai et lui collai un baiser sonore sur la joue.

— T'es un dingue, Jayden, tu n'étais pas obligé ! Elles sont magnifiques !

— Tu le mérites, ma belle ! Tu me supportes depuis le lycée, alors je te devais bien ça, Minipouss !

Mon sourire s'élargit un peu plus. Ce mec était génial et j'étais si fière de faire partie de ses personnes préférées. Et puis j'adorais qu'il m'appelle Minipouss, en fait.

— Bon, ça suffit les effusions avec mon mari, intervint Sam en me reconduisant vers ma chaise et m'y faisant rasseoir de force.

Le clin d'œil qu'elle me lança me confirma qu'elle plaisantait, juste au cas où j'aurais eu un doute.

Au moment où j'entendis la porte claquer, je pris conscience que Sophia n'était plus avec nous. Elle avait dû profiter de la distribution de cadeaux pour s'éclipser discrètement. Quelques secondes plus tard, elle refit son entrée, portant un grand sac blanc avec des étoiles dessus. Sam et elle se lancèrent un drôle de regard qui me confirma que j'avais vu juste : il y avait anguille sous roche, seulement je ne savais pas si j'allais ou non apprécier.

— Jayden, chéri ? Tu ne m'avais pas parlé de mettre sa pâtée à Parker ?

— Quoi ? demanda le mari de Sam avant de se reprendre. Ah ouaiiiiis, Mario Kart !

Là-dessus, il entraîna mon frangin vers la console.

OK. Tout ça n'avait pas du tout l'air suspect.

Une fois que Parker et Jayden se furent éloignés, nous nous retrouvâmes entre filles. Sophia posa le sac sur la table puis s'installa sur une chaise, bientôt imitée par Sam et Piper. Toutes trois braquèrent leurs regards sur moi. Oh. Seigneur. Elles avaient fait une connerie.

Je fixai le cadeau avec méfiance.

— Vous m'avez joué un sale tour, c'est ça ?

Elles sourirent en même temps. Innocemment.

Piper répondit d'une voix très calme :

— Nous ? Non. Pru, on ne te ferait jamais un vilain coup, enfin !

Mon œil. Je le sentais mal, leur truc.

J'avançai une main vers le colis suspect et juste avant de m'en saisir, je suspendis mon geste.

À l'autre bout de la pièce, j'entendis les deux mecs rire. J'aurais bien été les rejoindre, moi.

Je lançai un regard plein de méfiance aux trois filles.

— C'est une bombe ?

Sophia ricana lugubrement avant de me répondre :

— Je sais comment en fabriquer une grâce à Internet, mais non : pas de bombe, ma chérie.

— Une boule puante ? Un coussin péteur ?

Ça pouvait paraître saugrenu, mais avec ces trois-là – surtout Sam et Sophia – je m'attendais à tout. Parfois, elles étaient de vraies gamines. Au moment où je voulus leur poser une autre question, la grosse voix de yéti de Jayden m'interrompit.

— Une peau de banane ? Tu m'as balancé une peau de banane ? Tu perds rien pour attendre, morveux !

— C'est ça, papy ! En attendant, j'suis loin devant toi !

Au moins, il y en avait qui s'amusaient.

Piper me fusilla du regard.

— Allez ! Tu vas l'ouvrir ce truc, bon sang ! Je te promets que rien ne va te sauter à la figure !

— Vrai ?

— Vrai ! s'exclamèrent ma sœur et mes amies d'une même voix.

Je finis par me laisser convaincre et m'emparai du sac puis l'installai sur mes genoux. Je plongeai la main dedans et en ressortis une boîte carrée, assez large, ornée d'un ruban. Aucune inscription dessus. Je la mis sur la table et interrogeai les filles du regard. Leurs mines sérieuses ne me donnèrent aucun indice.

Je défis le lien et soulevai le couvercle. L'intérieur était en velours noir. Au centre était posé un objet oblong ; rose doré, terminé par une extrémité en silicone blanc.

Je relevai brusquement la tête et braquai des yeux outrés sur elles.

— Vous n'avez pas osé !

Elles affichèrent de grands sourires. Bien sûr que si, elles avaient eu l'audace de me faire un coup pareil.

Sophia prit la parole :

— Voici le Satisfyer 2 pro, dernière génération. Il dispose onze niveaux d'intensité et, en plus, il est étanche.

Hébétée, je répétai bêtement la marque du truc que j'avais sous le nez.

— Le... Satisfyer... Pro... ?

Sam intervint.

— J'admets que l'appellation n'est pas super glamour, mais tu peux toujours le nommer autrement, si tu préfères. Genre : Eduardo ? Ramon ? Gino ?

Piper renifla dédaigneusement.

— Tu trouves que Ramon, ça sonne sexy pour un stimulateur clitoridien ?

— Stimulateur clitoridien..., répétai-je comme une andouille.

Oh, Seigneur Dieu. Mes amies et ma sœur venaient de m'offrir un vibromasseur et se chamaillaient au sujet du petit nom à lui donner. Au gode. On marchait sur la tête.

Au bout d'un moment, je finis enfin par sortir de mon hébétude.

— Vous m'avez offert un Satis... (je levai les yeux au ciel et baissai d'un ton) vous m'avez acheté un vibro ? Vous êtes sérieuses, les filles ?

— Ben quoi ? s'étonna Sam.

J'ouvris la bouche et la refermai aussi sec, ne sachant pas très bien si je désirais hurler, pleurer ou rire. Devant mon silence sidéré, Soph voulut m'expliquer les raisons d'un tel cadeau.

— C'est que... Pru, on est tes copines.

Une partie de moi fut soulagée que ma sœur n'ait pas pris part à cet achat.

— Tes potes ET ta frangine, précisa Piper.

Mes illusions se firent la malle.

— Pourquoi ? couinai-je.

— Parce que ta vie sexuelle est un désert aride et sans fin, rétorqua ma petite sœur.

Outch !

— Et aussi parce qu'on t'aime très fort, continua ma meilleure amie.

— On ne voulait pas te laisser dans la détresse, conclut Sophia comme si ce qu'elle venait de dire était le truc le plus logique et naturel au monde.

D'un coup, je ne sus plus où me mettre. À vrai dire, j'avais un peu honte d'être un cas si désespéré aux yeux des trois filles assises autour de moi et qu'elles aient décidé de prendre les choses en main. Sans mauvais jeu de mots.

— Mais qu'est-ce que je vais bien pouvoir en faire ? marmonnai-je pour moi-même.

Piper posa sa main sur la mienne.

— Pour ça, il y a un mode d'emploi en dessous de la partie en velours, mais dans tous les cas, je te promets que ça vaut le coup.

Je massai mes tempes, dépitée. J'ignorais ce qui me choquait le plus : avoir découvert que ma sœur utilisait également ce genre de jouet ou qu'elle pensait que je ne savais pas m'en servir. Pas que je m'en serve habituellement. Même jamais.

— Piper... Je suis au courant du fonctionnement de ce machin.

Trois paires d'yeux me fixèrent avec stupéfaction et je soupirai, ne sachant pas si je devais me sentir insultée ou non.

— Ouais, je sais comment on fait. Contrairement à ce que vous pensez, je ne vis pas en recluse. Je me demandais juste ce que j'allais bien pouvoir faire de vous.

Sam tenta une réponse :

— Nous dire merci ?

— Et nous promettre que tu vas t'en servir ? insista ma blonde collègue. Pru, chérie, il faut vraiment que tu t'envoies en l'air.

Bouche bée, je les fixai toutes trois. Puis je décidai de rire.

Un peu plus tard, lorsque je me mis au lit, après avoir préalablement rangé Odin – ça, c'était un petit nom sexy. Et quitte à s'envoyer en l'air, autant que ce soit avec un Dieu – dans le tiroir de ma table de nuit, je ne pus m'empêcher de repenser cette soirée en souriant. Ces trois nanas étaient une bande de folles. Ma bande de folles. Soudain, je me sentis plus que chanceuse. J'étais entourée de personnes hors norme qui prenaient soin de moi, même s'il fallait avouer que c'était d'une manière un peu étrange et légèrement intrusive. Mais je les adorais.

Chapitre 5
Prudence

La fin du week-end arriva très vite.

Comme promis à Piper, je ne mis pas le nez dans mes dossiers. À la place, je passais mon dimanche en compagnie de mon frère et ma sœur. Sur un coup de tête, nous partîmes pique-niquer au parc situé au sud de la ville, dans lequel nous avions l'habitude de nous rendre avec nos parents lorsque nous étions plus jeunes. Nous emportâmes des sandwiches, une salade ainsi que les restes du gâteau de la veille et nous installâmes à notre endroit préféré, étendant la couverture rouge et blanche à carreaux à l'ombre d'un chêne centenaire.

Notre repas fut marqué par les rires et je me promis que dorénavant, nous aurions plus de moments comme celui-ci. C'était tellement mieux de ne pas travailler et, au contraire, de profiter du temps que nous avions ensemble. Il faisait encore doux, le soleil dardait ses rayons bienveillants sur nous et l'on sentait à peine que l'automne était déjà bien entamé.

Après avoir rassemblé nos déchets dans un sac, nous décidâmes de faire une partie de football – les filles McCall contre le seul représentant masculin de la famille. Durant cette partie, Parker prit cher. Il avait beau être plus grand et plus costaud que nous, ma sœur et moi nous entendîmes pour ne lui laisser aucun répit, lui sautant sur le dos dès qu'il avait le malheur de toucher le ballon. OK, nous trichions pas mal, mais je crois qu'à certains moments notre frère fit exprès de perdre. Ce n'était pas plus mal, car en vérité, Park était rapide et ma sœur et moi n'étions absolument pas douées pour le football américain.

Une fois fatigués de courir, crier et de lancer des balles, nous fîmes une promenade autour du lac. Çà et là, nous croisâmes des gens, venus comme nous profiter de Sandy Creek en dehors de la saison estivale, période où l'endroit était le plus fréquenté. Vers la fin de l'après-midi, après avoir fait la grande boucle du sentier, nous rentrâmes à la maison, vannés, mais sereins.

La soirée se déroula calmement. Après un dîner léger, nous installâmes tous trois dans le salon, pour regarder quelques épisodes d'une série sur Netflix puis nous nous dîmes bonsoir et montâmes nous coucher.

Lundi matin arriva presque trop vite. Après ces deux jours parfaits, je rechignais un peu à retrouver mon train-train professionnel, mais je n'avais pas vraiment le choix. J'aurais voulu être capable d'arrêter le temps pour prolonger ma bulle de quiétude. À 7 h 30, j'étais déjà au volant de ma voiture, en route pour la tour Tanaka.

Comme tous les matins, j'arrivais tôt, bien plus que le reste des employés de TDS. J'aimais pouvoir consulter mes mails et dossiers en attente avant que la journée ne démarre et comme Aaron se pointait lui aussi aux aurores, je souhaitais être présente s'il avait besoin de quoique ce soit. Lui et moi avions notre routine, alors sans surprise, je le trouvais debout devant les immenses fenêtres de son bureau, occupé à regarder la ville s'éveiller en contrebas.

J'entrai pour lui apporter comme tous les matins son café et les viennoiseries que j'avais été chercher dans la boulangerie française qu'il appréciait tant. S'il se rendit compte ma présence, il n'en montra pourtant aucun signe. Ça, c'était inhabituel. Je fronçai les sourcils et m'éclaircis la gorge avant de le saluer joyeusement.

— Bonjour, Aaron ! J'ai votre petit-déjeuner !

Il se retourna et je compris à ses traits tirés que quelque chose clochait. Je posai mon chargement sur le bureau, m'éloignai de quelques pas et le fixai avec inquiétude.

— Une mauvaise nouvelle, Boss ?

Il me lança un regard froid et je me figeai, soudainement mal à l'aise. Mon patron se montrait rarement aussi désagréable, c'était donc que quelque chose le préoccupait. Toutefois, je ne m'aventurais pas à le questionner plus.

— Bien, je vais vous laisser. Si vous avez besoin de moi, je serai...

Je fus interrompue par un long soupir.

— Il faut m'excuser, Miss McCall. Je n'avais pas l'intention d'être si... impoli. C'est juste que ces derniers temps, les mauvaises nouvelles s'accumulent.

Il ponctua ses mots par un sourire fatigué et je me sentis presque mal pour lui.

— Je peux vous aider en quoi que ce soit ? Vous voulez en parler ?

Il marqua une hésitation et, pendant un moment, je crus qu'il allait se confier à moi. Cependant, il n'en fit rien.

— Vous me trouverez dans mon bureau.

Avec calme, je tournai les talons pour le laisser seul, mais au moment où je m'apprêtais à ouvrir la porte, sa voix s'éleva dans mon dos.

— Je serai en visioconférence avec le conseil d'administration une bonne partie de la matinée, m'informa-t-il.

Je suspendis mon geste et jetai un coup d'œil par-dessus mon épaule. Je n'étais pas sa secrétaire, mais il me demandait toujours de l'assister lors de ces meetings, c'est pourquoi je lui posai la question :

— Vous aurez besoin que je prenne des notes ?

— Non. Il n'est pas nécessaire que tu sois présente à cette réunion.

— Très bien.

Je l'interrogeai du regard pour savoir si nous en avions fini et je compris que c'était le cas lorsqu'il changea de sujet.

— Tu trouveras les détails de la soirée de charité de jeudi prochain sur ton bureau, ainsi que divers dossiers sur lesquels j'aimerais avoir ton avis.

Je hochai la tête. Ma journée allait être chargée.

J'attendis encore quelques secondes, des fois que mon patron eût autre chose à rajouter, mais à part le silence qui s'éternisait, rien ne vint. J'ouvris donc la porte et sortis. J'avais à peine fait quelque pas en dehors de son bureau qu'Aaron reprit :.

— Les fleurs et le chocolat étaient à ton goût ?

Je me sentis rougir jusqu'à la racine des cheveux et me

retournai d'un bloc pour lui faire face. J'étais vraiment la reine des cruches.

— Oh, Seigneur. Je... J'ai complètement oublié de vous remercier !

Son visage de marbre s'éclaircit quelque peu et je crus même distinguer un sourire fugace. Je me détendis.

— Votre cadeau était parfait, Aaron. Je suis touchée que vous ayez pensé à mon anniversaire.

Il inclina la tête.

— C'était normal et le moins que je puisse faire.

Je n'étais pas persuadée que ça l'était, pour autant j'acquiesçai et sortis de la pièce.

***

Le midi, je retrouvais Sophia pour déjeuner. TDS disposait de sa propre cafétéria, mais le lundi, nous avions pris l'habitude d'aller dans un petit resto, une sorte de cantine, qui proposait de succulents plats italiens. L'endroit était minuscule, absolument noir de monde, mais Sandro, le patron, nous réservait toujours une place.

Nous nous frayâmes un chemin parmi la foule de clients et nous dirigeâmes vers notre table attitrée. Sandro profita de servir des gars en costumes sombres près de nous pour nous saluer chaleureusement et déposer une carafe d'eau et des glaçons devant nous.

— Mes clientes préférées ! Comment ça va, les filles, aujourd'hui ?

Soph répondit dans un sourire :

— Encore mieux depuis que je sais que je vais manger l'un de tes plats fabuleux !

Les yeux bruns du patron de *Sandro's Cuccina* pétillèrent de plaisir.

— Toi, tu sais parler à un homme ! susurra-t-il, charmeur.

Une chose étrange arriva alors : Sophia devint si écarlate que j'eus presque du mal à la distinguer de la nappe qui recouvrait notre table.

Pour sa défense, Sandro était non seulement un chef de talent, mais il était également canon. Il suffisait de voir sa clientèle féminine battre des cils à son passage pour en être convaincue. Ça et son corps plus que possiblement musclé, sa peau mate et sa bouche aux lèvres sexy qui dispensait à longueur de temps un sourire ravageur – question : comment faisait-il pour ne pas avoir de crampe à la fin de la journée ? Ajoutez à cela d'épais cheveux blonds en bataille dans lesquels, même moi, j'avais la tentation de glisser les doigts, une pointe d'accent italien et l'on avait alors sur les yeux le parfait exemple de jeune mâle qu'on avait envie de jeter dans son lit, après l'avoir au préalable assommé à coups de gourdin et tiré par la tignasse pour l'emmener dans une grotte. Assurément, ce mec avait la capacité d'éveiller la Cro-Magnon sommeillant en la plupart des femmes.

Personnellement, je reconnaissais qu'il avait tout pour lui : charme, bagout, sexytude et, cerise sur le gâteau, il savait cuisiner. Pour autant, sorti de ça, il ne me plaisait absolument pas. Il y avait de fortes chances pour que mon manque d'intérêt pour ce concentré de fantasme sur pattes – les mots de Sophia, pas les miens – ait été l'une des choses ayant poussé mes deux folles d'amies et ma sœur à m'offrir un compagnon à piles.

J'observais Soph et Sandro discuter quelques instants, me retenant de rigoler à chaque fois que ma copine, habituellement si à l'aise avec les gens, se mettait à balbutier. Elle était trop mignonne.

Parce que c'était le coup de feu, Sandro nous quitta assez vite, non sans nous avoir assuré qu'il reviendrait rapidement pour prendre nos commandes – et après avoir pressé l'épaule de ma collègue qui se statufia immédiatement.

À moitié morte de rire, je me penchai vers ma blonde amie dès que le chef cuistot fut à une distance raisonnable.

— Une petite syncope, Miss De Leon ? me moquai-je.

Elle me fusilla du regard.

— Oh ! Ça va, toi ! Tu peux pas comprendre…

Mon sourire s'élargit.

— Eh bien, je pige parfaitement que tu es tellement sous le charme de ce type que tu as passé ton temps à le fixer avec des billes de crapaud malade d'amour.

Elle rougit brusquement, se cacha le visage derrière ses mains et je l'entendis pousser un gémissement désespéré.

— Tant que ça ? me demanda-t-elle en risquant un regard vers moi.

Je hochai la tête d'un air grave.

— Tu le mangeais des yeux, Soph. Tu sais que ton attitude peut être considérée comme étant soit malpolie, soit horriblement gênante, par l'objet de ton désir ?

— Oh. Mon. Dieu. La honte. Tu crois que c'est pour ça qu'il est parti si vite ?

— Y'a des chances. En même temps, j'aurais fait la même chose si on m'avait baisé du regard comme tu l'as fait avec lui.

Sofia se décomposa devant moi et je dus faire de gros efforts pour ne pas hurler de rire.

— Mais non, patate, je te fais marcher ! Tu ne l'as pas agressé sexuellement avec tes yeux. T'étais juste toute rouge et tu butais sur tes mots, c'était adorable... Et s'il s'est sauvé, c'est parce qu'il a quasiment la ville entière à servir.

— Connasse ! s'indigna mon amie.

— Moi aussi, je t'aime.

Nous éclatâmes de rire si fort que plusieurs têtes se retournèrent dans notre direction. Loin de nous gêner, cela ne fit qu'ajouter à notre hilarité. On s'en foutait un peu d'être bruyantes, on était jeunes, on était joyeuses et clairement, on avait le droit de le montrer. La vie réservait déjà assez son lot d'amertume comme ça et mes copines comme moi, partions du principe que quitte à avoir des citrons, autant en faire de la limonade.

Comme il l'avait promis, Sandro revint rapidement à notre table pour prendre notre commande. Pour ma part, je savais depuis longtemps ce que je voulais manger depuis qu'on était entrées et j'optai pour l'*antipasti.* Lorsqu'il se retourna vers Sophia et lui offrit un sourire à la Bradley Cooper, je vis le moment où mon amie perdit ses moyens. Puis la pauvre se mit à bredouiller. Rouge écarlate, elle me lança un regard paniqué et je me vis obligée de parler à sa place.

— Il faut l'excuser, elle a attrapé un mauvais rhume. Elle mangera la même chose que moi, mais sans fromage. Elle est terriblement allergique au lactose, tu comprends. Le moindre morceau et elle se mettra à gonfler et à baver, la pauvrette. Ça prend de telles proportions que la dernière fois, elle ressemblait à Elephant Man. Trois jours pour retrouver son joli minois !

Alors qu'il notait la commande sur son calepin, Sandro suspendit son geste et lança un regard de commisération à une Sophia qui faisait tout son possible pour ne pas se planquer sous la table de honte. À moins qu'elle ne fût en train de réfréner les envies de meurtre contenues dans ses prunelles bleu lagon.

Je me mordillai les lèvres pour ne pas rire et affichai mon air le plus innocent.

Sandro se pencha vers elle.

— Tu n'as vraiment pas de chance, *bellissima*, lui dit-il en lui pressant l'épaule.

— C'est... toute l'histoire de ma vie, marmonna-t-elle alors que ses yeux me balançaient des dagues qui auraient été mortelles si elles avaient été réelles.

D'un air très sérieux, je reportai mon attention sur le chef et fronçai légèrement le nez.

— Oui, comme tu dis : c'est vraiment pas de chance ! Et puis, tu sais, les gonflements et la bave, ça n'est pas le pire. Dans ces moments-là, il arrive qu'elle s'oubl...

— OK, Prudence ! Sandro n'a pas besoin que tu le retiennes plus longtemps. Il a d'autres clients qui attendent qu'on s'occupe d'eux, m'interrompt-elle, alors que j'étais sur le point d'ajouter quelque chose sur le manque de tonicité de son rectum.

Clairement, elle mourrait d'envie de m'étrangler, mais moi je m'amusais comme une petite folle.

Le beau Sandro se pencha vers mon amie.

— Ne t'inquiète pas, *bella*. Je ne crois pas un mot de ce que ta copine a dit.

Là-dessus, il me lança un regard pétillant d'humour.

— T'es une marrante, toi ! Je t'aime bien !

J'inclinai la tête.

— Merci. Du coup, ça veut dire que tu nous offres le repas ?

Les mains posées sur ses hanches, il éclata de rire.

— Ouais ! T'es vraiment rigolote !

J'avançai une lippe boudeuse.

— Dois-je comprendre que c'est non ?

Il secoua la tête, visiblement stupéfait par mon culot.

— Drôle et futée !

Sur ces mots, il tourna les talons et, toujours hilare, se dirigea vers le bar. Un serveur prit le relais dans la salle.

La main de Sophia s'abattit sur mon avant-bras. Tout en elle respirait l'indignation.

— Je peux savoir ce qui t'a pris ? me demanda-t-elle entre ses dents serrées.

— Quoi ? Je vois pas de quoi tu parles…

Elle plissa les yeux.

— C'est pour le Satisfyer ? C'est ça ?

Je lui montrai une rangée de dents bien blanches.

— Dis donc... Toi aussi, t'es futée !

Sophia se renfonça dans son siège et leva les yeux au ciel.

— OK. On a fait fort sur ce coup-là, les filles et moi. Mais toi...

— Je me suis lâchée ? C'est pas faux, mais c'était tellement drôle ! Et puis, plains-toi, malgré toutes les horreurs que j'ai pu sortir, Sexy Sandro n'a pas eu l'air plus gêné que ça ! Je pense même qu'il en pince un petit peu pour toi.

Mon amie laissa aller un petit rire incrédule.

— N'importe quoi !

Comme je la regardais avec insistance, elle se reprit.

— Attends. Tu crois vraiment ce que tu dis ?

Je haussai les épaules.

— C'est pas moi qu'il a pelotée en m'appelant *bellissima*, ma puce.

Je patientai quelques secondes, le temps que mes mots fassent sens dans son esprit et qu'elle pique de nouveau un fard.

— Alors d'après toi, il m'aime bien ?

— C'est ce que je dis : si ça n'avait pas été le cas, la bave aurait dû le faire fuir.

Sophia resta silencieuse un bon moment durant lequel elle sembla peser le pour et le contre. Une fois qu'elle décida si oui ou non cette info lui convenait, elle se détendit et j'eus même droit à une risette.

— N'empêche que t'as abusé. Et c'est quoi, cette histoire d'allergie au lactose ? J'adore le fromage, en plus !

— Je fais attention à tes fesses, ma chérie !

— T'es vraiment une connasse !

— Je sais. Maintenant, tu peux aussi me remercier.

Sophia écarquilla les yeux.

— Et en quel honneur ? Pour m'avoir fichu la honte ?

Je plongeai mon regard dans le sien et mes lèvres s'étirèrent de satisfaction.

— Plutôt pour t'avoir épargné des semaines supplémentaires à te demander si le patron de notre cantine préférée pouvait être intéressé par toi.

Sandro réapparut pile à cet instant et posa nos assiettes devant nous, ainsi qu'une petite corbeille de pain à l'ail. Juste avant de repartir, il se pencha et murmura quelque chose à l'oreille de ma copine. Puis il se redressa et s'éloigna.

Sophia affichait désormais un air de chat content de sa connerie. Pour le coup, elle me fit penser à Georges.

— On peut savoir ce qui te fait tant plaisir ?

Elle piqua dans un morceau d'aubergine et me fixa, des étoiles dans les yeux.

— T'es un putain de génie, Pru.

— Et tu ne le remarques que maintenant ! rétorquai-je

sur un ton faussement blasé. Bon, il t'a dit quoi, l'objet de tes fantasmes ?

— Qu'il m'offrait le déjeuner. À moi toute seule.

Je levai les yeux au ciel.

Chapitre 6
Prudence

Après le repas et un café, nous retournâmes au boulot. Pendant qu'on mangeait, j'avais glissé quelques mots au sujet du comportement étrange d'Aaron lorsque j'étais arrivée ce matin et Soph m'avait dit de ne pas m'affoler – non qu'elle en sache plus que moi sur ce qui taraudait notre patron, mais elle « sentait » qu'il n'y avait rien de grave. Et puis, notre boss n'était après tout qu'un être humain qui devait avoir lui aussi son lot de soucis. Peut-être m'inquiétais-je pour rien. Du coup, j'avais décidé qu'elle avait certainement raison et c'était avec le cœur plus léger que je repris mon poste.

Environ une heure après que je sois revenue de ma pause déjeuner, mon patron m'appela dans son bureau. Je m'y rendis, espérant le voir de meilleure humeur que le matin.

J'entrai et découvris qu'Aaron n'était pas seul : deux hommes que je savais appartenir au service juridique, pour les avoir croisés une paire de fois, se trouvaient avec lui. Devant l'un d'eux était posé un tas de papiers.

Je fronçai les sourcils et avançai dans la pièce, passant intérieurement en revue les raisons qui expliqueraient la présence des avocats.

Les paumes soudainement moites, je les essuyai rapidement sur mon pantalon avant de les saluer. Ils me rendirent ma poignée de main, leurs visages impénétrables.

Mon cœur manqua un battement. Je ne la sentais vraiment pas, c'est histoire. Et si… Et si Aaron souhaitait en réalité me licencier ? Je ne voyais pourtant pas de raison valable à ça, mais cela expliquait son comportement étrange.

— Miss McCall, installez-vous, je vous prie, m'ordonna Aaron.

Cette fois, mon cœur s'arrêta de battre.

Il ne me vouvoyait jamais. Il allait me virer.

Comme un automate, je m'assis face aux trois hommes, espérant qu'ils ne remarqueraient pas ma nervosité.

— Bien, Miss McCall, commença l'avocat situé le plus proche de moi.

Brun et âgé, d'après moi, d'une quarantaine d'années, il avait du ventre et des yeux de fouine. Quant à son expression, elle était indéchiffrable, à mon grand désarroi. Je plaquai un sourire poli sur mes lèvres, posai mes mains à plat sur mes cuisses et me tins droite, prête à tout entendre.

— Nous avons passé en revue vos états de service depuis votre embauche chez Tanaka Data Security. Vous êtes cheffe de bureau, appréciée de vos collègues. Il est également apparu que vous avez un sens de l'organisation plus que certain. Quant à votre perception du détail et votre intuition, ils ont grandement aidé les intérêts de la société.

Aaron se leva soudain, interrompant sèchement l'avocat.

— Francis, laissez. Je souhaite lui apprendre moi-même.

Oh. Mon. Dieu.

Mon cœur se ratatina, se retrouva brusquement dans ma gorge. J'avais la nausée. Je commençais à regretter mon antipasti. Je regrettais même de m'être moquée de Sophia, à midi. J'allais être virée et c'était le karma qui se vengeait.

— Messieurs, j'aimerais être seul avec Miss McCall.

Les deux hommes hochèrent la tête avec un air aussi pincé que mortellement sérieux puis ils se levèrent et sortirent du bureau, me laissant face à mon destin.

— Prudence...

Je retins ma respiration. Il ne m'appelait jamais Prudence.

Aaron me fixa droit dans les yeux et je déglutis péniblement. Clairement, ça puait pour moi. Je m'imaginais déjà remballer mes affaires dans un carton et effectuer la marche de la honte, sous le regard de mes collègues. J'avais tellement donné de mon temps et bossé pour en arriver là ! Je ne voulais pas que ça s'achève ainsi.

Quoiqu'il en soit, et puisque cette entrevue allait mal se terminer, je décidai de poser la question que j'avais à l'esprit depuis que j'avais vu les mecs du service juridique.

— Je peux savoir pourquoi vous ne souhaitez plus que nous collaborions ?

J'avais mis plein de mots dans ma phrase pour avoir le temps de me faire à l'idée. Et tandis que j'attendais la réponse de mon boss – bientôt ancien boss, ça aussi, il allait falloir que je l'intègre – je sentis le désespoir monter en moi.

Monsieur Tanaka leva un sourcil et m'étudia d'un drôle d'air. Je m'agitai sur ma chaise, de plus en plus mal à l'aise. Je voulais qu'on en finisse et vite.

Il croisa les mains et s'inclina légèrement vers moi. Là, ses yeux s'étrécirent.

— Et pour quelles raisons, crois-tu que je devrais te licencier ?

— Justement, je n'en ai aucune idée. Il me semble que je faisais bien mon travail. Jusqu'à maintenant, personne ne s'en est plaint, je me trompe ?

L'ombre d'un sourire joua sur ses lèvres.

— Personne n'a quoi que ce soit à redire, en effet.

Je fronçai les sourcils.

— Je ne comprends pas. Pourquoi…

Il m'interrompit d'un geste de la main.

— Tu es un élément de valeur, Miss McCall. Une composante indispensable. C'est la raison pour laquelle j'ai convoqué une réunion du conseil d'administration et contacté le service juridique.

Mon cœur fit un bond dans ma poitrine. Aaron poussa alors vers moi les documents que j'avais aperçus quelques minutes plus tôt.

— Il est grand temps que tu occupes un poste qui soit à la hauteur de tes compétences.

Je fixai les papiers puis relevai les yeux vers lui sans vraiment comprendre.

— Je… Vous… ne me virez pas ?

Il se mit à rire et pointa du doigt la liasse de feuilles.

— Ceci t'expliquera les détails de tes nouvelles fonctions au sein de Tanaka Data Security. Il faudra que nous engagions le plus rapidement possible quelqu'un pour te remplacer en tant que cheffe de bureau. Dès que tu auras signé, tu seras officiellement mon bras droit.

Médusée, j'ouvris la bouche sans pour autant qu'aucun son n'en sorte. J'avais du mal à comprendre. J'avais dû être victime d'un cas très rare de surdité foudroyante. Je fis un effort considérable pour reprendre mes esprits et dardai sur Aaron un regard un rien méfiant.

— Vous pouvez répéter ?

Son sourire se fit aussi indulgent qu'amusé.

— Tu viens d'avoir une promotion, Miss McCall. Félicitations !

Chapitre 7

Prudence

J'annonçai un peu après à Sophia que j'avais soumis son nom pour la place de cheffe de bureau. Elle s'ennuyait légèrement au service marketing et en outre, je la savais ultra compétente et de ce fait, apte à reprendre mon poste. Environ une heure plus tard, elle flottait sur un petit nuage, puisque le boss l'avait convoquée pour lui donner son aval.

Le soir même, nous fêtions la grande nouvelle comme il se devait. Nous fîmes la fiesta une bonne partie de la nuit, et j'abusais un chouïa de l'alcool, car le lendemain, je me levai avec la tête en vrac.

Me concentrer sur mon travail fut difficile, mais je ne regrettais pas mes excès de la veille, j'avais été promue numéro deux de TDS et ça n'était pas rien. La nouvelle se répandit plus vite que je ne l'avais pensé. On me félicita plus d'une fois tant et si bien qu'en milieu de journée, j'avais l'impression de marcher sur l'eau. J'étais comblée et j'espérais que cela aller durer. D'un autre côté, je m'attendais à ce qu'il y ait des bruits de couloir, un jour ou l'autre. J'étais très jeune, et occuper une position aussi importante – de surcroît, en l'espace de trois ans de boîte – aller sûrement faire jaser, même si la plupart de mes collègues m'aimaient bien. Mais ce poste, je l'avais eu au mérite, à force de travail acharné et j'en étais fière.

Ce sentiment d'euphorie ne me quitta pas pendant les deux jours suivants, même si Sophia s'amusait à m'appeler « *Boss Lady* » juste pour me taquiner. C'était sa façon de me montrer qu'elle était contente pour moi.

Le jeudi, je m'éclipsai plus tôt du boulot. J'avais pris mon après-midi pour aller récupérer ma robe au pressing en vue du gala de charité et passais les quelques heures qui me restaient à me préparer pour la soirée.

Environ quarante-cinq minutes avant de partir, je mis la touche finale à mon maquillage – très discret, car je n'étais pas fan des cosmétiques, j'avais toujours l'impression que ma peau criait au secours. Je me plantai devant le grand miroir en pied de ma chambre et inspectai mon reflet. Comme notifié sur le carton d'invitation, et compte tenu du dress code « noir et blanc » j'avais opté pour une robe longue couleur obsidienne dont le col Bardot dégageait mes épaules. La fente latérale laissait apparaître ma jambe gauche. Quant au tissu vaporeux du vêtement, il mettait en valeur mes courbes, sans que cela me colle comme une seconde peau. J'avais remonté mes cheveux en un chignon simple et chic et de fins pendants en diamant – ceux de ma mère – ornaient mes oreilles.

Je fis quelques pas afin de m'assurer que j'étais bien stable sur mes talons aiguille, et effectuai un tour sur moi-même. Après quoi, je vérifiai une dernière fois mon reflet avant d'attraper ma pochette, puis je quittai ma chambre.

Arrivée en bas, je croisai Piper qui rentrait tout juste de cours. En me voyant, elle fit volte-face et se figea devant moi, les yeux écarquillés.

— Oh. Mon. Dieu, murmura-t-elle d'un drôle d'air.

— Quoi ? Quelque chose ne va pas ?

Elle secoua la tête, ses prunelles soudainement embués.

— Tu ressembles tellement à...

Elle déglutit péniblement et mon cœur se serra.

— À maman, c'est ça ?

Ma sœur opina frénétiquement du chef, incapable de prononcer un mot. Je franchis la distance qui nous séparait et la pris dans mes bras.

— Elle me manque à moi aussi, lui dis-je d'une voix étranglée.

Je levai mes yeux au plafond et fis de mon mieux pour refouler mes larmes.

— T'es vachement belle, souffla Piper.

— Merci...

Nous restâmes ainsi durant un long moment, le souvenir de maman flottant entre nous, puis je m'écartai d'elle, consciente que si je ne m'activais pas, j'allais être en retard. Je savais que je n'aurais pas été la seule dans ce cas, mais je n'aimais pas le faire remarquer.

J'ouvris ma pochette pour en sortir mon smartphone afin de commander un taxi. Pile à cet instant, je reçus un SMS d'Aaron.

« Je t'ai envoyé un chauffeur. Il devrait être là bientôt. »

Je le levai les yeux au ciel et tapai un message en réponse.

« J'aurais pu prendre un taxi ! »

Juste avant de l'envoyer, j'eus envie d'ajouter à mon message une émoticône en colère, mais je ne le fis pas puisque je savais qu'Aaron n'était pas très amateur de ce genre de choses.

Quelques secondes plus tard, mon téléphone vibra pour m'annoncer l'arrivée d'un nouveau texto que je lus immédiatement.

« Ne dis donc pas de bêtises ! TDS détient une flotte de voitures avec chauffeurs. »

De nouveau, je roulai des yeux agacés. J'espérais qu'Aaron n'allait pas m'obliger à utiliser les privilèges liés à mon poste. Je possédais mon propre véhicule – pas de la première jeunesse, certes, mais j'y tenais – et je comptais bien continuer à m'en servir. Pour ce soir, je décidais de ne pas me battre et renvoyai une réponse pour clore le sujet.

« À tout à l'heure et merci pour la voiture ! »

J'imaginai mon patron lire le SMS et secouer la tête d'un air dépité. Il n'avait jamais compris que je ne profite pas des avantages de la société, alors même qu'il me l'avait proposé des dizaines de fois. J'avais toujours refusé, arguant que j'avais déjà tout ce qu'il me fallait. J'étais une jeune femme indépendante, tout à fait capable de me débrouiller par mes propres moyens et puis, quand bien même j'étais cheffe de bureau, je ne voulais pas que certains de mes collègues pensent que j'avais un traitement de faveur. Tout le monde savait que les voitures avec chauffeurs étaient réservées à la direction et aux cadres. Je n'étais alors rien de tout cela. J'allais donc, pour la première fois, profiter des privilèges liés à mon nouveau poste.

Parker dévala l'escalier et nous rejoint.

— Eh ben, Sœurette ! T'es... Waouh !

Je ris joyeusement. Je n'étais pas contre un compliment une fois de temps en temps.

Je récupérai l'étole blanche que j'avais posée sur le meuble de l'entrée quelques heures plus tôt et la passai autour de mes épaules. Si, ces derniers temps, les journées n'étaient pas désagréables, les températures étaient en revanche plus que fraîches durant la nuit et je n'avais aucune intention de tomber malade, encore moins en me rendant à un événement caritatif – déjà que je n'étais pas particulièrement ravie de devoir y aller...

Une voiture klaxonna. J'avançai vers la fenêtre et reconnus le véhicule de l'entreprise. Me retournant, je fixai mon frère d'un regard incertain.

— Tu es sûr que tu vas réussir à gérer, ce soir ?

Il leva les sourcils d'un air stupéfait.

— Euh, Pru... T'as cru que j'avais cinq ans ? Bravo la confiance !

Piper lui répondit tout en me poussant gentiment, mais fermement vers la porte.

— Faut pas lui en vouloir, Parker ! La perspective de se rendre à une soirée mondaine et se frotter au gratin de la ville la terrifie.

Je protestai, mais au fond, je savais que ma sœur était dans le vrai. Je n'avais pas vraiment peur, je craignais simplement de ne pas me sentir à ma place. Mais puisque mon patron m'avait demandé de l'accompagner, je n'avais pas vraiment de choix. Le boulot, c'était le boulot.

J'embrassai mon frère et Piper, ouvris la porte et marchai vers la voiture qui m'attendait.

J'étais là depuis deux heures et je m'emmerdais.

On avait assisté au discours du sénateur, du maire, du directeur de l'hôpital, du chef du service pédiatrique et clairement, j'avais envie de me pendre – comme visiblement une bonne partie des convives présents dans la salle, à ceci près qu'ils savaient dissimuler leur ennui bien mieux que je le faisais. D'accord, il y avait eu entre-temps la vente aux enchères – moment à la fois chouette et complètement surréaliste, où les gens avaient acheté des objets à des prix totalement indécents – mais depuis, l'effervescence était retombée et nous attendions le dîner. J'avais des crampes aux joues à force de sourire, de prendre la pose pour les photographes ; et les personnes déjà installées à notre table avaient autant de conversation qu'un cortège mortuaire. Je ne pus m'empêcher de maudire la femme de mon boss d'avoir été « retenue par d'autres obligations ».

Alors que je n'y croyais plus, on nous servit l'entrée – une bisque de homard. Aaron pencha légèrement vers moi tandis que je goûtais à la soupe. Un délice.

— Alors, que penses-tu de la soirée ?

Je me tournai vers lui.

— Vous voulez la version officielle ou l'autre ? C'est mortel comme réception.

Il saisit l'ironie de mes propos et m'offrit un clin d'œil.

— Voilà ce que j'affectionne chez toi : tu ne t'embarrasses pas de fioritures.

— C'est l'une des raisons pour lesquelles vous m'avez engagée, non ?

Il se mit à glousser. Visiblement je l'amusais et cela me fit sourire. Cependant, en croisant son regard, j'eus une drôle d'impression. Quelque chose clochait. Il paraissait normal et avait l'air d'apprécier les festivités, mais un je ne sais quoi dans sa façon de se comporter ne me semblait pas naturel.

Je l'observai plus attentivement.

Ce soir, mon boss accusait ses soixante ans, contrairement à d'habitude. Il avait les traits tirés et un voile de transpiration recouvrait son front. À mon tour, je me penchai vers lui.

— Quelque chose ne va pas, patron ?

Il me tapota la main dans un geste apaisant.

— Je suis juste un peu fatigué. Ne t'en fais pas, Miss McCall.

Consciente que nous n'étions pas seuls, je n'insistais pas, mais tout le temps que dura le repas, je lui jetai des regards discrets pour m'assurer que tout allait bien. Je m'inquiétais qu'il puisse être souffrant. Peut-être ces jours précédents avaient-ils été trop intenses chez TDS ? Aaron était un bourreau de travail et il lui arrivait régulièrement de dormir dans son appartement de fonction situé au trente-sixième et dernier étage de la tour Tanaka, ou encore sur le canapé dans la pièce attenante à son bureau. Je me mordis les lèvres en songeant que j'aurais certainement dû insister pour qu'il lève le pied, et ce, même si notre tout nouveau logiciel était sur le point d'être lancé sur le marché. Fichue soirée à cinq mille dollars l'entrée ! Vu sa tête,

Aaron aurait dû être en train de se reposer plutôt que d'être ici.

J'étais sur le point de lui demander s'il avait un moyen s'éclipser un peu plus tôt sans que son absence soit remarquée lorsque le directeur de l'hôpital monta sur scène et annonça l'ouverture de la « piste de danse » pour nous faire patienter avant le dessert. Ça, c'était une nouvelle qui me plaisait.

Les convives assis à notre table firent une tête longue de cinq pieds six pouces et je dus retenir mon agacement. D'après ce que j'avais compris, nos voisins de chaises étaient soit de grosses fortunes, soit des dirigeants d'entreprise et ils étaient… eh bien, ils étaient tellement coincés ! De vraies momies. J'avais juste envie de me lever et de les secouer en espérant qu'ils reprennent vie. Clairement, on n'était pas du même monde.

J'étais en train de me demander ce que je pourrais bien leur dire, histoire de faire la conversation et peut-être de rompre avec l'ennui qui m'avait accompagné toute la soirée, quand une main s'abattit sur mon bras et le serra à l'en briser.

Dans un mouvement de surprise, je me tournai vers Aaron afin de comprendre quelle mouche l'avait piqué.

Je restais figée. Toute couleur avait quitté son visage. Il était livide. Et son expression tordue de douleur.

— Oh mon Dieu, Aaron ! Vous êtes en train de faire un malaise !

OK. Je ne faisais qu'énoncer une évidence, mais sur le coup, ce fut la seule chose qui me traversa l'esprit.

Comme par magie, les momies sortirent de leur sommeil millénaire et je leur demandai de courir chercher un médecin dans la salle. Après quoi, je me hâtai de remplir un verre d'eau pour essayer de faire boire mon mentor.

Je n'eus pas le temps de le lui donner.

— Aargh ! fit-il en portant une main à sa poitrine.

Puis il s'écroula sur moi.

— Merde ! laissai-je échapper en me retrouvant au sol, trempée et coincée sous mon boss. J'avais mal derrière la tête, dans la chute, je m'étais cogné le crâne contre le carrelage. Mais pire que ça, Aaron était immobile. Son visage reposait sur ma poitrine, son corps inerte pesait une tonne.

Je pris alors conscience de l'agitation autour de nous. La musique s'était arrêtée, des gens criaient. Des flashes crépitaient très près de moi. On me prenait en photo. On nous prenait en photo. J'en fus tellement choquée que je ne trouvais rien à dire. J'étais mortifiée, désorientée et j'avais des difficultés à comprendre ce qui venait de se passer. Tout avait été si vite ! Tout ce dont j'étais à peu près certaine, c'était qu'Aaron semblait au plus mal et qu'il avait besoin d'aide, rapidement.

Quelqu'un s'arrêta à ma hauteur. Un homme me demanda si j'allais bien et se présenta comme le médecin. Je hochai la tête et fis un geste vers mon patron. Ma voix m'apparut hystérique lorsque je parlai :

— Il faut s'occuper de lui ! Il... Je crois qu'il a fait un malaise !

— Oui, bien sûr !

Il s'agenouilla près d'Aaron et prit son pouls. Lorsqu'il releva les yeux sur moi, son regard me fit comprendre la situation avant qu'il ouvre la bouche. Un frisson glacé me traversa.

— Je suis désolé, mademoiselle. Il est mort.

Chapitre 8

Odin

— Od ! Magne ton cul ! T'as été chercher le café en Bolivie ou quoi ? On attend plus que toi pour commencer !

Je remontai mes lunettes sur mon nez et secouai la tête en souriant. De notre bande de potes, Anton était le plus impatient. Un grand gamin. En fait, nous l'étions un peu tous si l'on considérait le fait que tous nos jeudis soirs étaient bloqués pour qu'on se retrouve chez moi – plus pratique et plus spacieux – pour jouer soit à la console soit à des jeux de rôle.

J'attrapai des bières dans le frigo et retournai dans le salon d'une démarche exagérément tranquille. Je fus accueilli par les soupirs blasés de mes amis.

— Sérieusement ? Tu faisais quoi ? grommela Anton.

Jed haussa les sourcils de manière suggestive.

— Attends, on parle d'Odin Tanaka, là. Si ça se trouve, il était en train de se palucher, essaye-t-il.

Anton ouvrit de grands yeux.

— Quoi ? (Il me lança un regard méfiant) Mec, j'espère que tu t'es lavé les mains avant de manipuler les bouteilles !

— J'voudrais pas dire, mais j'ai pas entendu l'eau couler ! fait remarquer Jed, toujours prêt à foutre son grain de sel.

— Ah ! Putain… C'est abusé ! Même pas je mets un doigt sur cette bière ! Doit y avoir quelques-uns de tes petits soldats en train d'agoniser. Tu crois que je pourrais attraper un truc si j'y touche ?

Jed lui répondit du tac au tac :

— J'sais pas, des cellules souches ?

Je levai au ciel, dépité.

— Sérieusement, les gars, on pourrait parler d'autre chose que de mes sécrétions corporelles ? les suppliai-je en posant les bouteilles devant nous, sur la table basse à côté des chips et de la salsa – la décision de les prendre ou non leur appartenant désormais.

Je pris place dans mon fauteuil. Jed me tendit ma manette, je l'attrapai, mais lorsqu'il la retint quelques secondes de plus, je compris qu'il n'avait aucune intention de me lâcher la grappe.

— Pourquoi tu veux qu'on laisse tes spermatozoïdes tranquilles? Faut qu'on en parle, au contraire. Les pauvres, ils doivent s'ennuyer !

Anton lui balança un coup de coude.

— Moi, je crois plutôt qu'ils sont en surpopulation, là où ils sont.

Il leva les yeux sur moi.

— Depuis quand tu t'es pas servi de ton engin, déjà ?

J'ôtai mes lunettes et me pinçai l'arête du nez. Non, je n'allais pas discuter avec eux de ma vie sexuelle.

J'étais sur le point de le leur dire, lorsque Jed engueula Anton.

— Mec, sérieux… Parfois, tu ferais mieux de fermer ta grande bouche. Tu sais bien que notre pote a fait vœu de chasteté depuis son histoire avec celle dont on ne doit pas prononcer le nom.

Et BIM ! Un rappel à ma liaison avec Voldemort, pardon, avec Monica.

Il l'avait fait exprès, juste pour appuyer sur le fait qu'il m'avait averti de ne pas entamer une relation avec elle. D'après lui, cette fille était le diable. Il avait senti dès qu'il avait posé ses yeux sur elle. Bien évidemment, j'avais fait comme toute personne « sensée » devant ce genre de conseil : je ne l'avais pas écouté. Et je m'en étais tiré avec perte et fracas. Monica Black m'avait roulé dans la farine, sortant avec moi pour assouvir son but ultime : approcher et épouser Aaron Tanaka.

Mon propre père.

Dire que cela m'avait salement touché était loin de la vérité. Cela m'avait dévasté. Et je ne parle même pas des répercussions sur ma famille. J'avais cessé de voir mon père. Il était mort pour moi depuis ce jour.

— La Terre à Tanaka… Tu rêves, mon pote ?

La voix de Jed me ramena à la réalité et je lui en fus reconnaissant. Je récupérai ma manette et appuyai sur le X pour valider mon personnage. La partie pouvait commencer.

Un éclair rouge et noir passa dans mon champ de vision juste avant que mon perroquet ne se pose sur la table basse. Il dansa sur ses courtes pattes puis se tourna dans ma direction et planta deux yeux furax sur moi.

— Gros, t'as envie de foutre la merde avec moi ? me demanda-t-il de sa petite voix énervante.

— Ta gueule, Deadpool.

Mes potes se marrèrent.

— Tu vois, il n'a pas besoin d'une nana, il a déjà un piaf casse-couilles, fit remarquer Jed à Anton.

— Pas faux, répondit ce dernier. Par contre, mec, tu devrais lui inculquer la politesse.

Je levai les yeux au ciel avant de les poser sur mon ami et propriétaire de mon magasin de comics préféré.

— Je te signale que c'est toi qui lui appris tous ces trucs, Anton.

— Fallait qu'il ressemble au super héros. Sinon, pourquoi le nommer Deadpool ? Et puis plains-toi, c'est pas tout le monde qui offrirait un animal de compagnie à son meilleur pote !

— Je voulais un chien et vous m'avez fourgué ce... volatile ! Parfois, je me demande si on est vraiment amis.

Jed nous interrompit :

— Les gars, on est là pour jouer ou pour bavasser ?

Je râlai dans ma barbe. C'était un comble ! Ces mecs me vannaient depuis tout à l'heure et papotaient comme des pipelettes, et Jed espérait me faire croire que c'était moi qu'on attendait ?

Je me levai dans un soupir, allais vers la volière de Deadpool et en sortis sa mangeoire. Je la remplis de ses graines préférées et la rapportai sur la table basse. Ce piaf ne demandait qu'à être de la partie, lui aussi et s'il n'avait pas le droit à son apéro, il allait me faire la misère et chier dans les chips.

Le perroquet émit un sifflement et se remit à danser la gigue, manifestant son contentement. Je sentis les coins de ma bouche se relever malgré moi dans un petit sourire. Quelque part, je l'aimais bien, mon poulet.

Je repris place dans mon fauteuil et annonçai le signal de départ de la campagne à mes potes. Lorsque la cinématique s'afficha à l'écran, Jed et Anton poussèrent des grognements de satisfaction. Sur la table, Deadpool sautilla.

— Ça va chier dans les casseroles ! lança-t-il.

Jed pouffa.

— J'adore cette bestiole !

Quelle idée avait eue Anton en lui apprenant les meilleures répliques des films Marvel ? Mais au moins, ce soir, l'oiseau ne m'insultait pas, c'était déjà ça. J'en avais un peu ma claque d'être traité de connard tous les deux matins.

Nous nous concentrâmes tandis que le jeu chargeait.

— C'est parti, murmura Anton ,une fois que nous eûmes fini d'équiper nos persos.

— Ça va saigner ! s'exclama Jed.

Deadpool voleta vers moi et s'installa sur mon épaule.

— Ce soir, c'est branlette !

Les gars se marrèrent comme des baleines, quant à moi,

je m'abstins de tout commentaire. Ce perroquet était d'un vulgaire !

Nous passâmes des heures sur la console. Au bout d'un moment, affamés, nous avions fini par nous commander des pizzas, comme pratiquement à chaque fois qu'on décidait de faire une soirée jeux vidéo. Heureusement que le reste du temps, je mangeai sain et que je me dépensais, parce qu'à ce régime-là, j'avais des risques de m'empâter rapidement. Ces quelques heures avaient été riches en piques et insultes en tout genre, en bonnes tranches de rire aussi, mais surtout, nous avions quelque peu dépassé notre quota de bières.

J'étais donc occupé à trouver des draps pour installer mes potes dans le canapé – je disposais de chambres d'amis, mais vu comme ils m'avaient vanné toute la soirée, une petite vengeance s'imposait – lorsque mon téléphone sonna.

J'allai dans la cuisine pour être tranquille et répondit sans même regarder le numéro.

— Monsieur Tanaka ? dit une voix un peu rauque, et délicieusement féminine à l'autre bout de la ligne.

Sexy, tout ça.

— Je vous arrête tout de suite : Monsieur Tanaka, c'est mon père, lui répliquai-je, pince-sans-rire.

Un drôle de silence se fit et il s'étira si longtemps que je me demandai si mon interlocutrice n'avait pas raccroché. J'avais peut-être affaire à l'une de ses groupies et du coup, elle devait certainement être déçue de tomber sur moi plutôt que sur mon paternel.

Agacé, je l'interrogeai :

— Vous êtes encore là ?

Elle s'éclaircit la voix.

— Pour être honnête, c'est justement pour ça que je vous contacte. Je voulais vous parler de votre père.

Je laissai échapper un reniflement de dédain. J'aurais dû me douter de ça. Certaines nanas sont prêtes à tout pour obtenir des informations sur Aaron. Je devais m'en débarrasser au plus vite.

— Vous m'ennuyez, là, chérie... Je n'ai pas saisi votre nom ?

— Je ne vous l'ai pas donné.

Il y eut un nouveau silence, puis la femme à la voix sexy me balança sa bombe.

— Il n'y a pas de bonne manière d'annoncer ça, alors...votre père vient de mourir. Je suis navrée...

En un instant, je dégrisai et je me laissai tomber sur la chaise la plus proche. Ce devait être un canular.

— Vous pouvez répéter ?

— Votre père est décédé, monsieur. Il a été transporté au Landmark Hôpital, sur Sunset Drive. Pouvez-vous m'y retrouver ?

Mon souffle se bloqua dans ma gorge.

— Ouais... Ouais... Je... J'arrive dès que possible, dis-je d'une voix soudainement enrouée.

Là-dessus, je raccrochai d'un geste absent et fixai longuement mon téléphone sans réellement le voir.

Jed vint me rejoindre.

— Hey, mec... Anton menace de coucher à même le sol si tu ne te... Merde, ça va pas, mon pote ?

Je devais avoir l'air vraiment choqué pour qu'il me pose la question. Je levai alors les yeux sur lui et lui donnai la seule réponse dont j'étais capable.

— Je sais pas.

Chapitre 9
Prudence

Je me sentais horriblement mal lorsque je mis fin à la communication. Je détestais jouer les oiseaux de mauvais augure, j'évitais de le faire autant que possible, mais ce soir, j'avais été obligée d'endosser ce rôle à plus d'une reprise. D'abord auprès des membres du conseil d'administration, puis de l'ex-femme d'Aaron. Ses filles. Le fils d'Aaron avait été le dernier nom sur la liste d'urgence qui m'avait été remise par mon patron, lorsqu'il avait commencé à me faire confiance. Juste au cas où, m'avait-il dit ce moment-là. Jamais je n'aurais pensé avoir à m'en servir un jour, mais je m'y étais conformée à la lettre. Ce qui m'échappait, en revanche, c'était pour quelle raison Monica n'y figurait pas.

Encore tremblante, je rangeai mon smartphone dans ma pochette avant de monter dans la voiture de la société. L'ambulance était partie depuis quelques minutes, emportant le corps de mon défunt patron en direction de la morgue de l'hôpital et je devais l'y suivre pour attendre ses proches. J'espérais qu'ils ne tarderaient pas, j'avais besoin de rentrer chez moi pour trouver un peu de réconfort et pleurer. Je ne l'avais pas encore fait. C'était comme si j'en avais été incapable. J'étais vide, comme anesthésiée.

Assise à l'arrière du véhicule, je croisai le regard désolé du chauffeur dans le rétroviseur. Je parvins à lui adresser un petit sourire et me focalisai sur le paysage qui défilait au même rythme que la route. Les événements de la soirée repassèrent en boucle dans ma tête tout le temps que dura mon trajet. J'avais du mal que tout ceci était bien réel.

Une fois arrivée à l'hôpital, je répondis aux questions de l'équipe médicale, racontant le déroulement de la réception, leur faisant part des signes du malaise de mon ancien patron. Je parlai de tout cela avec détachement, comme si je n'avais pas assisté en direct live aux incidents. J'aurais voulu qu'il ne s'agisse que d'un cauchemar, mais il n'en était rien. C'était réel. Aaron était mort. J'avais perdu mon mentor.

Un peu plus tard, on me laissa partir et je me postai devant l'entrée de l'hôpital pour attendre les membres de la famille d'Aaron comme nous en avions convenu quand je les avais contactés plus tôt. Je restais là, immobile, les bras serrés autour de moi. À un moment, la femme de l'accueil vint me rejoindre une minute pour me donner un café. Je l'acceptai dans un geste légèrement mécanique. Ce ne fut que lorsque la chaleur du gobelet commença à s'insinuer dans mes paumes que je m'aperçus que j'étais transie de froid. J'avais oublié mon étole quelque part, possiblement à la soirée de charité, car je ne me souvenais pas l'avoir eue avec moi durant le trajet.

Les phares d'une voiture m'éblouirent et je dus mettre une main devant mes yeux pour me protéger de la lumière. Le véhicule se gara et trois personnes en sortirent. Trois femmes marchèrent vers moi. L'une était grande et blonde, la cinquantaine bien tassée et, malgré la tristesse qui marquait ses traits, elle était magnifique. Les deux autres étaient plus jeunes, brunes et également très jolies. En outre, elles avaient toutes deux quelque chose qui me frappa : leurs yeux. Ils étaient tellement similaires à ceux d'Aaron que je compris que j'avais ses filles devant moi.

Je m'avançai vers elles, un peu mal à l'aise.

— Mesdames, je suis Prudence McCall. C'est… c'est moi qui vous ai appelées.

L'une des brunettes me tendit la main pour me la serrer.

— Je suis Wilda, et voici ma sœur Solveig ainsi que notre mère, Astrid. Notre frère est-il déjà arrivé ?

Je secouai la tête.

— Vous êtes les premières.

Solveig et Astrid me saluèrent à leur tour. Nous restâmes silencieuses un long moment, nous regardant avec curiosité. La situation étant ce qu'elle était, j'avais du mal à trouver quelque chose à leur dire, mais je finis pourtant par me souvenir de mes bonnes manières.

— Vous voulez que je vous accompagne à la…

Le mot morgue se coinça dans ma gorge. Je ne pouvais pas encore le prononcer, c'était trop dur. La honte me submergea aussitôt. J'avais devant moi l'ex-femme et les filles d'Aaron. Elles devaient être dévastées. Je n'avais pas le droit de jouer les éplorées, ce n'était pas mon rôle.

— Je vous accompagne à la morgue, me repris-je d'une voix ferme.

Astrid m'offrit un sourire crispé.

— C'est gentil, Prudence, mais nous allons nous débrouiller. Vous pouvez rentrer chez vous, vous devez en avoir besoin.

Et juste comme ça, on me renvoyait à la maison. Une part de moi en fut soulagée, mais l'autre, celle qui avait été l'une des plus proches collaboratrices d'Aaron, voulait s'assurer qu'elles trouveraient leur chemin sans encombre.

— Vous êtes certaines que vous n'aurez envie de rien ? Je peux attendre votre fils, si vous le souhaitez ?

Astrid posa une main sur mon avant-bras.

— Vous en avez bien assez fait, mon petit, et vous semblez frigorifiée.

J'opinai du chef.

— Vous avez raison. De plus, avec ce qui… avec les événements, je vais devoir gérer les urgences pour TDS.

Wilda inclina la tête et me fixa curieusement.

— Vous ne nous avez pas dit quel poste vous occupiez ?

Je toussotai, étrangement gênée par les trois regards perçants posés sur moi.

— Je… J'étais son bras droit.

Du coin de l'œil, je remarquai qu' Astrid pinçait les lèvres. L'ambiance sembla alors se refroidir de quelques degrés.

— Je vois, dit-elle sèchement.

Et que s'imaginait-elle, au juste ? Je n'étais pas certaine d'apprécier le ton avec lequel elle venait de s'adresser à moi.

Il y eut un instant de flottement et Solveig avança pour se

placer entre sa mère et moi. Elle m'offrit un tout petit sourire, néanmoins sincère et chaleureux.

— Eh bien, merci de nous avoir prévenues, Prudence. Nous prenons le relais, d'accord ?

Je hochai la tête et après leur avoir présenté mes condoléances, je tournai les talons et marchai vers la voiture devant laquelle le chauffeur m'attendait. Je poussai un soupir las en m'y installant.

Les jours à venir allaient être éprouvants, j'en avais l'intuition.

Chapitre 10

Odin

Lorsque j'arrivais à l'hôpital, ma sœur aînée, Solveig, m'attendait devant l'entrée. Aussitôt, je lui ouvris mes bras et elle s'y précipita.

Même si elle n'avait pas parlé très souvent à Aaron, elle était dévastée. Mes sœurs avaient toujours déploré les mauvaises relations que nous entretenions avec notre père. Elles l'aimaient. Plusieurs fois, Solveig et Wilda avaient tenté un rapprochement, mais cela n'avait pas vraiment porté ses fruits. Sans doute par la faute de Monica qui faisait barrage et elles ne la supportaient pas à cause de cela. Pour maman et moi, c'était différent. Comme nous avions eu plus de griefs à l'encontre d'Aaron, nous avions carrément coupé les ponts avec lui. Mais ce soir, je commençais à le regretter. Peut-être aurais-je dû mettre de l'eau dans mon vin et faire comme mes frangines…

Nous restâmes dans les bras l'un de l'autre durant un long moment, pendant lequel je tentais de l'apaiser un peu. Je n'avais jamais supporté les pleurs d'une femme, encore moins lorsqu'il s'agissait de ma mère ou de l'une de mes sœurs. Et justement, Solveig sanglotait et ça me tuait.

Lorsqu'elle sembla enfin à court de larmes, elle fit mine de s'écarter de moi, mais j'insistai pour passer un bras autour de ses épaules pour rentrer dans l'hôpital. Je voulais qu'elle comprenne que j'étais là pour elle et qu'elle pouvait se reposer sur moi, si elle en avait besoin. C'était mon rôle de frère et il me tenait à cœur depuis que j'avais atteint une taille suffisante pour les protéger, elle et Wilda, quand bien même j'étais le bébé de la famille.

Nous pénétrâmes dans les lieux et je dus inscrire mon nom dans le registre de la morgue. Même si j'avais été en froid avec mon père, j'avais du mal à croire que j'étais en train de faire ça. Sa mort m'avait pris par surprise, comme à peu près tout ce qu'il avait fait de son vivant – sa trahison y compris. Je chassai immédiatement ce souvenir. Ce n'était pas le moment de ressasser les vieilles rancœurs.

— Comment est-il ? finis-je par demander alors que nous marchions.

— Apaisé.

Je hochai la tête tandis qu'une boule se formait dans ma gorge.

— C'est bien, réussis-je à dire.

Nous tournâmes sur la droite et suivîmes encore un peu le couloir. Au bout de celui-ci, j'aperçus mon autre sœur et ma mère. Wilda frottait l'épaule de maman qui tenait un mouchoir dans sa main. Elle avait beau avoir eu divorcé d'Aaron depuis plus d'une quinzaine d'années, elle avait continué à l'aimer. Elle ne l'avait jamais avoué à haute voix, mais il suffisait de voir sa réaction à chaque fois que mon père faisait la une des magazines, accompagné par une nouvelle nana, pour comprendre. Je ne parle même pas du jour où il avait épousé Monica. Celui-ci avait été horrible. Je pense que je n'avais jamais cru que maman puisse tomber aussi bas. Avec mes sœurs, nous avions dû la porter jusque dans son lit et contacter le médecin pour qu'il fasse quelque chose pour elle. Ma mère avait traversé une profonde dépression dont elle avait mis plus d'un an à sortir. J'en avais encore plus voulu à Aaron que pour le fait d'avoir épousé ma petite amie. Je l'avais détesté pour ça.

Les rejoignant, j'embrassai ma mère et ma sœur.

— C'est bien que tu sois venu, Odin, murmura Wilda d'une voix rauque.

Je m'écartai d'elles deux et enfonçai mes mains dans mes poches.

— J'avais beau être en colère contre lui, c'était mon père.

Ma sœur hocha la tête et me demanda si je voulais aller le voir. J'hésitai un instant puis, après un long soupir, je poussai la porte de la morgue et entrai. Seul.

Le corps d'Aaron était disposé sur une table d'examen et recouvert d'un drap bleu pâle jusqu'à hauteur du cou. L'éclairage de la pièce jetait sur lui une lumière blafarde qui ne lui rendait pas justice, réduisant sa carnation dorée à un teint cireux. Cela rendait les choses tellement plus réelles.

Je lâchai un soupir tremblant. Comme me l'avait affirmé Solveig, il avait effectivement l'air en paix. Le voir ainsi étendu, immobile, me prit aux tripes, et il me fallut puiser dans mes réserves de courage pour avancer. Debout près de lui, je le scrutai un long moment, l'esprit vide, le cœur lourd de mots que je ne savais pas prononcer.

En un instant, tous les griefs que j'avais pu avoir à son

encontre s'envolèrent. Je posai une main sur sa tête et caressai ses cheveux. Mon souffle se bloqua dans ma gorge et aussi fort que je pensais l'être, je dus pourtant refouler mes larmes. Soudain, je m'en voulus de n'avoir pas fait un pas vers lui, d'avoir coupé les ponts pour une connerie. D'accord, j'avais été blessé dans mon ego, mais rien ne justifiait que je lui aie tourné le dos. Il était mon père, nous étions une famille et j'aurais dû savoir lui pardonner. Mais je m'étais obstiné. Qu'est-ce que ça disait de moi ? Désormais, plus aucun retour en arrière ne serait possible.

Je levai la tête et focalisai mon attention sur le plafond. Je clignai des yeux, respirant profondément pour ne pas craquer, puis je posai mon regard sur lui.

— Je suis tellement désolé, papa.

Lorsque je sortis de la morgue, ma mère et mes deux sœurs m'attendaient un peu plus loin. Je me hâtai de les rejoindre, car je voulais qu'on file d'ici le plus vite possible. J'étouffais littéralement. Mais je dus remettre mes plans à plus tard, parce qu'un homme en blouse blanche vint à notre rencontre et se présenta comme le docteur Max Fonseca, cardiologue.

Sans attendre, il nous enjoignit de le suivre dans un petit salon, situé un peu plus loin. Une fois à l'intérieur, il nous fit nous installer et prit lui-même place dans un siège qu'il disposa de manière à se trouver face à nous.

— Aaron était mon patient depuis deux ans, nous apprit-il sans autre forme de cérémonie.

Assise à côté de moi, ma mère saisit brusquement ma main et

je la pressai gentiment dans un geste rassurant.

— Il était malade ? demanda-t-elle.

Le spécialiste opina du chef d'un air grave.

— Malheureusement, il avait développé une insuffisante cardiaque sévère. Il avait été informé par mes soins qu'il allait au-devant de sérieuses complications s'il ne levait pas le pied, mais vous savez comment il était, n'est-ce pas ?

Le silence se fit. Nous étions sous le choc, mais comment aurions-nous pu être au courant ? Ce n'était pas comme si nous avions une relation fonctionnelle avec lui.

Ma mère se remit à pleurer, aussi je déclarai :

— Oui, il était impossible de l'arrêter.

Fonseca hocha la tête et ouvrit la bouche pour nous donner de plus amples explications, mais Solveig l'interrompit avant qu'il en ait eu le temps.

— Moi, j'étais au courant qu'il était malade.

Dans un silence stupéfait, tous les yeux se tournèrent vers elle et il me fallut un moment pour recouvrer la parole.

— Comment ça, tu le savais ?

Elle se redressa imperceptiblement puis ancra son regard au mien.

— Je voyais papa depuis environ un an. Nous avions commencé à renouer des liens.

— Attends. Stop. Tu as fait *quoi* ?

La colère contenue dans ma voix la fit ciller, mais elle ne

détourna pas la tête. Doucement, elle m'expliqua :

— Odin, je sais que ça te contrarie et encore plus parce que tu le découvres ce soir, mais... Il était mon père aussi et il me manquait. Il me manquait tellement ! Alors un jour, je l'ai appelé.

Je frottai mon visage, incrédule.

— Et tu n'as pas jugé bon de nous en faire part ? Après ce qu'il a fait à notre...

— Ça appartenait au passé ! s'emporta-t-elle.

Maman soupira.

— Tu aurais quand même pu nous tenir au courant de tes projets, Solveig.

Ma sœur leva un sourcil.

— Pour que vous ayez ce genre de réaction ? Ça aurait servi à quoi ?

Nous la regardâmes, effarés, tandis qu'elle énumérait les raisons qui l'avaient poussé à agir comme elle l'avait fait.

— Maman, tu ne pouvais pas voir papa en photo dans un magazine sans que ça te mine pendant des jours. Wilda, tu lui en voulais encore pour le divorce. Quant à toi, Odin : ose me dire que tu avais tourné la page après ce qu'il t'a fait avec Monica. Alors, vous en parler ? Non. J'ai fait ce que me dictait mon cœur. J'avais besoin de voir mon père !

Je me laissai aller contre le dossier de ma chaise, complètement abasourdi. Je ne savais pas ce qui me choquait le plus : qu'elle ait agi dans notre dos – qu'elle nous mente et nous cache qu'elle était en contact avec Aaron – ou qu'au final, elle avait eu raison sur toute la ligne ? Elle avait été la plus intelligente de tous. Pour être honnête, je commençais sérieusement à croire que nous aurions dû faire comme elle, Wilda et moi. Si je l'avais fait, je ne me sentirais pas aussi coupable aujourd'hui, je n'aurais pas cette sensation d'avoir raté quelque chose ni ce goût d'inachevé, tellement amer dans ma bouche.

Je lâchai un long soupir et reportai mon attention sur le cardiologue.

— Que pensez-vous qu'il lui soit arrivé ?

— L'autopsie nous l'apprendra, mais je suis à peu près certain qu'il a succombé à une crise cardiaque.

Wilda posa alors la question qu'aucun de nous n'osait prononcer à haute voix.

— Quand pourrons-nous récupérer son corps pour procéder à... Je veux dire, quand pourrons-nous l'enterrer ?

— Le médecin légiste ne devrait plus tarder et compte tenu de ce que je vous ai dit, à moins d'une grosse surprise, tout sera terminé dans la nuit. Après cela, vous devrez vous mettre en rapport avec les différentes administrations...

Le reste de son discours se perdit au loin. Je n'écoutais plus. J'étais trop accaparé à calculer toutes les tâches que j'allais avoir à accomplir durant les prochains jours, car je le savais parfaitement : il m'incombait de m'occuper des funérailles d'Aaron. Ma mère ne pourrait pas s'en charger, elle en était incapable, quant à mes sœurs, je ne voulais pas le leur imposer, elles auraient déjà fort à faire avec maman. Je n'avais pas vu mon père depuis des années, mais d'avance, j'endossais mon rôle. Celui de fils aimant et responsable.

Celui de successeur.

Chapitre 11

Prudence

Je dormis peu cette nuit-là.

Dans mes rêves se rejouait sans cesse la mort d'Aaron. Et chaque coup, même si je savais ce qui allait se passer, j'étais incapable de le sauver. Plusieurs fois, je me réveillais en pleurs.

Je me levai péniblement, aux aurores blêmes, crevée comme je ne l'avais plus été depuis quatre ans, les yeux gonflés et avec l'impression que toute la tristesse du monde pesait sur mes épaules et ne me quitterait plus jamais. Même la douche chaude sous laquelle je passais plus de temps que d'habitude ne put rien à ma condition. J'étais un zombie, je venais de perdre mon mentor et mon cœur saignait. Aaron allait me manquer.

Mon Mac sous le bras, je descendis l'escalier, et traînai des pieds jusque dans la cuisine. Vu l'état dans lequel j'étais, j'allais avoir besoin d'une triple dose de caféine, voire carrément d'une intraveineuse pour recouvrer un semblant d'énergie. En tant que vice-présidente de TDS, j'avais désormais des responsabilités et des tonnes de choses à faire qui ne pouvaient pas attendre.

Je posai mon smartphone et mon ordi sur l'îlot et mis la cafetière en route. Là, les neurones encore engourdis, je regardai le café couler sans vraiment le voir. J'avais l'impression de m'être fait aspirer la cervelle à la paille. J'étais vide, déconnectée, amorphe. Mais en l'espace d'une seconde, tout changea. Une odeur chaude et corsée se répandit dans la pièce et vint chatouiller mes narines, l'anticipation me gagna peu à peu et je commençai à émerger. J'étais comme qui dirait conditionnée : café = énergie = réveil du cerveau = Pru passe en mode capable de fonctionner. Qui a dit que la magie n'existait pas ?

Une fois mon précieux breuvage prêt, je sortis un mug, me servis et, après m'être installée à l'îlot central, je portai la tasse à mes lèvres, me brûlai avec la première gorgée et pestai en la reposant . On était bons, j'étais désormais parfaitement réveillée.

J'ouvris mon Mac, le mis en route et allais directement sur ma boîte mail. Le conseil d'administration m'avait répondu et je devais dès à présent envoyer un courrier électronique à tous les employés de TDS pour leur apprendre la nouvelle du décès d'Aaron et leur signifier la fermeture des bureaux jusqu'à lundi matin. J'en fus un peu surprise, car Aaron n'aurait jamais toléré cela, mais peut-être était-ce mieux ainsi. J'étais censée prendre l'intérim à la tête de la société, mais je me sentais légèrement dépassée par de telles responsabilités. Peut-être Aaron avait-il surestimé mes capacités. Sans lui, j'étais perdue.

Il me fallut une heure pour rédiger le mémo et l'envoyer. Aucune des versions que j'avais écrites ne me convenant, j'avais dû recommencer jusqu'à en obtenir une qui soit assez professionnelle sans qu'elle soit trop synthétique et froide. Je regardai l'heure sur mon téléphone, j'étais pile dans les temps. À cette heure-ci, les gens devaient à peine sortir du lit et ils allaient prendre connaissance des nouvelles et se recoucher. Ou bien, j'allais être inondée de mails, parce que, parfois, on a beau expliquer les choses le plus clairement possible, il y avait toujours quelqu'un pour poser des questions. Je me mis debout et me dirigeai vers le plan de travail pour reprendre du café lorsque je reçus un appel. Je levai les yeux au ciel. Qu'est-ce que je disais, déjà ? Qu'il y avait toujours quelqu'un pour poser des questions ! Mais comme ma dose d'excitants était ce qu'il y avait de plus important, je décidai de laisser courir.

Mon téléphone redevint silencieux. Cela dura deux secondes, puis il recommença à sonner. Je râlai. À ce train-là, toute la maisonnée allait être réveillée.

Je m'arrêtai de pester lorsque je vis le nom de Sophia s'afficher sur l'écran et je décrochai.

— Oui, Soph ? Quelque chose que tu n'as pas compris dans le mail groupé ?

— Quel mail groupé ? Bonjour à toi, sinon.

— Ouais, bonjour. Mais… attends. Stop. Comment ça : quel mail ? Je viens de t'en envoyer un, ainsi qu'à toute personne qui travaille pour TDS. Regarde dans tes spams, s'il n'est pas dans ta boîte de réception.

Elle se tut quelques instants durant lesquels je pensais qu'elle était en train de checker son courrier électronique, puis un juron me parvint.

— Merde. Alors c'était pas des conneries…

Je clignai des yeux, un peu déconcertée par sa réaction.

Mon amie reprit la parole :

— Ce n'était pas pour ça que je t'appelais.

— Euh… Il est à peine sept heures du mat, Sophia. Qu'est ce qui te…

— Ne regarde pas les informations. N'ouvre pas tes mails provenant de *Gossip N' Life*, ni même de n'importe quelle presse people, m'interrompit-elle sur un ton urgent, presque hystérique.

Même s'il lui arrivait de se comporter bizarrement, jamais je ne l'avais entendue aussi stressée. Un désagréable frisson me traversa et mes yeux se reportèrent immédiatement sur l'écran de mon Mac.

— Pru ? Tu m'as écoutée ? Tu ne fais rien, tu restes loin de ton ordi, je serai chez toi dans pas longtemps !

Là-dessus, elle raccrocha.

Bien entendu, quand une personne donnait ce genre de conseil, la première chose qu'on faisait était justement de faire tout le contraire de ce qu'on nous avait demandé. J'allais donc consulter mes mails. Dans ma boîte de réception, un courrier de *Gossip N'Life* semblait me narguer. Je ne voyais d'ailleurs que lui et l'envie de cliquer dessus se fit impérieuse. J'avançai ma main vers le *touch pad* et…

On frappa à la porte. Je sursautai puis me levai pour aller ouvrir. Sophia se trouvait sur le seuil, en tenue de yoga, ses longs cheveux blonds, d'ordinaire si disciplinés, coiffés à l'arrache.

— J'étais déjà à deux pas de chez toi quand je t'ai appelée, m'expliqua-t-elle en me passant devant. Réunion de crise dans la cuisine !

Je refermai la porte d'un geste mécanique et suivis mon amie.

Une fois dans notre quartier général improvisé, je lui sortis une tasse que je remplis de café, avant de la poser devant elle puis je m'installai de nouveau à ma place. Je ne la quittais pas des yeux, me demandant ce que diable elle faisait chez moi à cette heure-ci. Ouais, c'était un fait : j'avais deux de tension. Dans mon état normal, je l'aurais déjà bombardée de questions.

Au prix d'un effort considérable, je finis par sortir de ma stupéfaction.

— C'est quoi, le problème ?

Elle prit une profonde inspiration.

— T'es à la une de tous les tabloïds.

Je secouai la tête, pas certaine d'avoir bien entendu.

— Je... Pardon... Quoi ?

Sophia me lança un regard grave.

— Je vais te la refaire lentement pour que tu piges bien, OK ? Tu. Es. À. La. Une. Des. Tabloïds.

— Comment ça ?

Elle émit un petit claquement de langue impatient.

— Passe-moi ton Mac.

Après l'avoir déverrouillé, je le fis glisser vers elle. Une seconde s'écoula avant qu'elle ne tourne l'écran dans ma direction.

— Voilà.

Elle n'eut pas besoin de m'en dire plus. Sous mes yeux

écarquillés s'étalait la photo la plus horrible qui m'eut été donné de voir dans toute mon existence. Aaron, allongé sur moi, la tête entre mes seins, durant la soirée de charité. Merveilleux. Le titre l'était encore plus : « Tanaka et sa nouvelle maîtresse : exhibitionnisme en pleine collecte de fonds en faveur des enfants malades. »

Oh… Mon Dieu.

Je me couvris le visage de mes mains. Je nageais en plein cauchemar.

Au bout d'un moment, je risquai un regard vers mon amie. Elle me fixait avec inquiétude.

— Comment ont-ils pu… ?

— Utiliser cette photo et la détourner ? Ils ne reculent devant rien, tu le sais bien !

Je fermai les yeux, catastrophée.

— Putain. Les fils de papaye !

— Ouais, ma puce. Tu l'as dit.

Je plongeai mon regard dans celui de Soph et lui demandai :

— Tu es au courant que tout ce qui est écrit là-dessus est faux, n'est-ce pas ? Je n'ai jamais… Aaron et moi n'étions pas…

Elle eut un rire bref.

— Bien sûr que je le sais. La question qui se pose, c'est : qu'est-ce que tu vas faire ? Comment on peut contrecarrer un truc pareil ?

— Contacter le service juridique et mettre les gars de la com' sur le coup ? J'avais dit que les locaux seraient fermés jusqu'à lundi, mais dans l'état actuel des choses…

Mon amie ne me laissa pas le loisir de finir.

— Ces gars sont des bons. Ils peuvent bosser de chez eux.

J'acquiesçai. En temps normal, j'aurais pensé à ça toute seule, mais ce matin, mon cerveau refusait de fonctionner à pleine capacité.

— Tu as raison.

— Bien sûr que j'ai raison, Boss Lady. Au fait, je suis désolée pour la mort du patron. Ça a dû être horrible pour toi. C'était un type bien.

Là-dessus, elle attrapa son smartphone et adressa un message au service communication, tandis que j'en envoyais un aux avocats. On formait une bonne équipe, elle et moi, j'allais adorer travailler avec elle une fois que la situation serait revenue à la normale. Mais pour le moment, une part de moi se demandait ce qui allait bien pouvoir me tomber encore sur le coin de la figure.

Quand une journée commençait de cette façon, il y avait fort à parier qu'à moins d'un miracle, les choses iraient de mal en pis.

Chapitre 12

Prudence

Je ne tardais pas à découvrir que j'avais vu juste.

Moins d'une demi-heure après notre contre-offensive envers les médias, une porte claqua à l'étage et un Parker absolument furieux déboula dans la cuisine.

Il ne prit même pas la peine de saluer Sophia avant de déverser sa colère sur moi.

— Comment t'as pu faire un truc pareil, Pru ?

— Park, je te jure que…

— Ce n'est pas ce que je pense ?

Ses yeux lancèrent des éclairs. S'ils avaient été réels, il y avait fort à supposer que je serais morte sur le champ.

— Sérieusement ? Tu te tapais ton patron ? Je comprends mieux les fleurs et le chocolat. J'arrive pas à croire que tu puisses être comme ça !

Je me levai d'un bond.

— Comme quoi ? J'ai couché pour réussir, c'est ça ? Tu

penses vraiment que j'en suis capable ? Que je suis ce genre de personne ?

— C'est affiché dans les journaux. Si ça, c'est pas une preuve suffisante…

J'accusai le coup, à la fois vexée et horriblement peinée.

— Parker, tu devrais t'asseoir et écouter ce que ta sœur a à te dire, lui conseilla Sophia d'une voix douce.

— Non. J'ai pas envie d'entendre quoi que ce soit venant d'elle ! T'imagines la honte que je vais me taper au bahut ? Que vont penser mes potes, t'y as réfléchi ? Sérieusement, j'ai la haine. À cause d'elle…

— Oh ! Tu te calmes, Parker Phœbus McCall ! cria Piper en entrant à son tour dans la cuisine.

Ce dernier se tourna vers notre sœur.

— Non, mais t'as regardé les photos ? Et tu veux que je me la ferme ?

— Primo : oui, je les ai vues. Secundo : tu redescends tout de suite de ton nuage et tu t'excuses. Je te signale que c'est à notre sœur que tu t'adresses. À Prudence. Tu la connais. Tu sais qu'il y a une explication, jamais elle ne ferait un truc pareil !

Parker s'assit et croisa les bras sur son torse d'un air plein de défi. Au moins, il avait écouté notre sœur, c'était déjà ça.

Moi, je remerciai Piper d'un regard. C'était tout ce que j'étais en mesure de faire à ce moment-là. Le choc m'avait comme pétrifiée. Je n'arrivais pas à croire que mon petit frère ait eu une si piètre estime de moi et si peu confiance. Je reconnaissais que les choses étaient en ma défaveur, mais bon sang, on parlait de moi, là ! Il me connaissait, il savait de quel bois j'étais faite, non ? Quoique, vu sa réaction, je commençai à en douter.

Rongée par un désespoir sans nom, je me laissai retomber sur ma chaise et me pris la tête entre les mains. Je n'avais qu'une seule envie. Pleurer.

Quelqu'un me caressa le dos pour m'apaiser et je luttai comme je le pouvais contre les larmes qui menaçaient de couler. Recouvrer mon calme me parut au-dessus de mes forces. Tout ça, ce battage médiatique fondé sur un ramassis de mensonges, la colère de Parker... Mon petit frère avait honte de moi, c'était la seule chose à laquelle je pouvais penser. C'était plus que ce que je pouvais en supporter. Je n'étais pas préparée à un truc pareil.

— Pru... Si tu ne te sens pas de le faire, c'est moi qui vais expliquer ce qui s'est passé à ton frère, d'accord ? me demanda Sophia à mon oreille d'une voix douce.

La main sur mon dos, c'était elle.

Je levai les yeux sur mon amie et hochai la tête.

Elle entreprit alors de tout raconter à Parker et Piper. Je n'écoutai pas vraiment ce qu'elle dit. J'étais ailleurs, dans un monde où ce genre de choses ne serait pas arrivé, dans un monde où mes parents seraient encore parmi nous, où mon boss serait en pleine santé, où il serait en train d'attendre, debout devant la grande fenêtre de son bureau, que je lui ramène son café et ses croissants de la boulangerie française qu'il aimait tant. Un monde où je serais encore une sœur parfaite aux yeux de mon petit frère. Où il ne douterait pas de moi, où il serait susceptible de faire la différence entre la réalité et une fake news montée de toutes pièces.

Je ne sais pas combien de temps je restais comme ça, les yeux dans le vague, mais soudain, le visage contrit de Parker apparut dans mon champ de vision et il me prit dans ses bras, me serrant à m'en étouffer. Je me laissai faire, raide comme la justice et incapable du moindre mouvement.

— Je suis désolé, Pru.

Moi aussi je l'étais. Je regrettais tout le gâchis causé par les paparazzi et les reporters des magazines à scandales. Les gens qui écrivaient ces torchons n'avaient aucune espèce de moralité ni aucune conscience. Je me jurai de ne plus jamais lire une de ces feuilles de chou.

— Merci de t'être excusé, Parker, dis-je simplement.

— Je sais que j'ai dépassé les bornes. Je n'aurais jamais dû te parler de cette façon. Tu me pardonnes ?

Je voulais lui dire que oui, mais j'en fus incapable. Il m'avait profondément blessée et j'avais besoin d'un peu de temps pour me relever de ça. Alors, je hochai simplement la tête. Je souhaitais juste qu'on laisse cette histoire dans les spams de ma boîte mail, là où elle aurait dû se trouver dès le départ, et qu'on passe à autre chose.

Je récupérai mon Mac, le déverrouillai une nouvelle fois et envoyai l'article de Gossip N'Life dans la corbeille que je m'empressai de vider. Une bonne chose de faite, mais je ne me sentis pas mieux pour autant. J'étais usée et il n'était même pas huit heures du matin. La journée promettait d'être longue. Quoique, si je restais sagement terrée à la maison, il ne risquait pas de m'arriver grand-chose. J'allais m'affaler dans mon canapé et manger du chocolat – tout le chocolat de la création s'il le fallait. Ça, c'était une bonne idée. Je n'étais pas du genre à m'apitoyer sur mon sort, ni même adepte du « courage, fuyons », mais là, c'était une question de survie.

Pile à cet instant, mon ordi bipa, m'annonçant la venue d'un mail.

Je l'ouvris par pur réflexe. Je ne me méfiai pas, parce que bon, que pouvait-il encore m'arriver de pire ce matin ?

De : O. Tanaka

À : Prudence McCall

Sujet : Convocation

Miss McCall,

Je souhaiterais m'entretenir avec vous, ce jour, à dix heures dans les locaux de Tanaka Data Security.

Cordialement,

Odin Tanaka. PDG de Tanaka Data Security.

Apparemment, j'avais un nouveau boss. En la personne du fils d'Aaron. Fils qui se nommait Odin. Comme mon...

Oh. Seigneur.

C'était la merde.

Ouais. La journée allait être longue.

Chapitre 13
Prudence

Inspire profondément. Pas besoin de paniquer à cause d'un minuscule détail. OK, je travaille pour/avec un mec qui s'appelait comme mon vibromasseur. Ce n'est pas la fin du monde. Répète dix fois. Expire.

J'avais réussi à me débrouiller pour tout déchirer dans l'une des boîtes les plus prestigieuses de la ville. J'étais bonne et même sacrément. Ce n'était pas le fils de mon ancien boss qui allait me faire douter de mes capacités. J'étais totalement prête pour ce challenge. J'en étais certaine.

Enfin, ça, c'était jusqu'à ce que j'ouvre la porte du bureau du nouveau patron.

Mon souffle se coinça dans ma gorge.

J'aimerais dire que ma réaction avait été induite par le fait que c'était bizarre d'être dans cette pièce sans Aaron, mais non. D'accord, ça y jouait certainement un petit peu, mais c'était surtout parce que celui qui se trouvait devant mes yeux était l'homme le plus beau de tous les temps. Sans rire.

Vous voyez Loki, le demi-frère de Thor ? Rien à voir.

En plus d'être sublime, Odin Tanaka était grand – presque un géant, vu ma taille – son corps me semblait musclé sous ses vêtements à la coupe impeccable, mais pas à outrance. J'avais plutôt le sentiment qu'il s'entretenait, pas qu'il faisait de la gonflette. En tout cas, il dégageait quelque chose de puissant. Quelque chose qui me faisait penser que si nous nous étions trouvés dans la savane, il aurait été le prédateur et moi, la proie innocente. J'en ressentis un étrange frisson. Cependant, son physique athlétique et éminemment viril n'était pas ce qui me marqua le plus. Ce fut son visage.

Mâchoire carrée ombrée par une barbe de quelques jours. Cheveux noirs en bataille. Pommettes hautes. Nez droit. Des lèvres qu'on aurait cru dessinées par un peintre de la renaissance. Malgré leur pli amer, elles étaient sexy – presque charnues – et tellement expressives. Avec un tout petit peu d'imagination, je pouvais presque deviner à quoi cette bouche pouvait avoir l'air lorsqu'Odin Tanaka souriait. Et ses yeux. Oh. Mon. Dieu. Ses yeux.

Noisette. En amande. Bordés de longs cils épais.

Si Aaron les avait eu plus foncés, les deux hommes en partageaient la forme. Et c'était à peu près tout, question ressemblance. Odin devait tenir de sa mère, vu le Dieu vivant que j'avais sous les yeux.

On allait avoir un problème. Primo : j'allais devoir travailler avec cet homme. Secundo: il me regardait avec tant de haine que je voulais me barrer. Genre, maintenant, et si possible, de l'autre côté du globe.

Je déglutis avec difficulté, comme si j'avais respiré quelque chose d'épais et moisi.

— Vous êtes ? me demanda-t-il d'une voix glaciale et pourtant ô combien profonde et sexy.

— Pru… Prudence McCall ? bégayai-je sans pouvoir m'en empêcher.

Il laissa échapper un rire sec.

— C'était une question ? Vous ne savez pas comment vous vous appelez ?

Je me sentis rougir jusqu'à la racine des cheveux. Je venais de passer pour une crétine. Super première impression. Deuxième, en fait, en comptant celle au téléphone, quelques jours plus tôt. Je me repris aussitôt.

— Je suis Prudence Mc…

Il m'interrompit d'un claquement de langue impatient.

— La question était purement rhétorique. Je sais qui vous êtes, Miss McCall : je suis tombé sur votre… photo en première page de tous les torchons de la ville.

— Dans ce cas, pour quelle raison me la poser ?

Il porta son regard sur moi et me toisa un long moment.

— Je voulais voir à quoi vous ressembliez en réalité.

Je me retins de lever les yeux au ciel. Les choses démarraient vraiment très mal entre nous, alors autant ne pas tenter le diable.

— Donc…vous étiez sa dernière maîtresse en date.

Je sursautai, indignée.

— Vous n'avez pas pu accorder foi en ce ramassis d'âneries ?

— Il n'y a pas de fumée sans feu...

— J'y crois pas..., marmonnai-je, excédée.

De nouveau, le silence se fit. Je regardai ailleurs, refusant de croiser ses yeux accusateurs. Dire que j'étais mal à l'aise était vraiment loin du compte. J'étais outrée, décontenancée, perdue et en colère. J'avais déjà dû affronter mon frère et maintenant, cet homme. Quelqu'un allait-il me faire confiance un jour ? En réalité, je crois que je ne m'étais jamais sentie aussi humiliée.

— Vous couchiez avec lui ? C'est ce qui vous a valu votre promotion ?

Je me retins d'avancer vers lui et de lui flanquer une gifle monumentale. Apparemment, sa maman ne lui avait pas appris comment parler aux dames et selon moi, c'était un manquement grave. Quoi qu'il en soit, je ne voulais pas mettre mon poste sur la sellette à cause d'un coup de sang. Je pris le temps d'inspirer par le nez avant de lui répondre.

— Non. Je n'ai jamais couché avec votre père.

Nouveau ricanement. Je sentis les poils de mes bras se hérisser désagréablement.

— J'imagine donc que tout s'est passé sous le bureau.

Le fils de papaye ! Comment osait-il ?

Furieuse, je plantai mes poings sur mes hanches et relevai le menton dans un geste de défi.

— Qu'est-ce que vous n'avez pas compris dans « je n'étais pas sa maîtresse » ?

Il haussa un sourcil et ses lèvres s'incurvèrent en un sourire sardonique. Ça me rendit folle.

— Mais qu'est-ce que vous croyez, au juste ? Que je suis incapable de travailler dur ? Ce poste de vice-présidente, je l'ai eu au mérite, que ça vous plaise ou non ! Votre père a juste récompensé mon acharnement, espèce de…

Je m'interrompis avant d'aller trop loin. J'avais failli dépasser la ligne rouge et ça n'aurait pas joué en ma faveur. Désormais, cet homme était mon patron. Qu'il soit un con fini ou pas, je lui devais un certain respect, même si je me demandais comment j'allais pouvoir lui en témoigner. Odin Tanaka avait beau être canon, il était odieux – le mot était faible – et s'il y avait quelque chose que je ne supportais pas, c'était ça.

C'était invraisemblable ! En l'espace d'à peine cinq minutes, il venait de passer de fantasme absolu à crétin – encore qu'il n'y ait pas de terme assez fort pour le décrire. Je crois même que je n'étais pas loin de le détester. Je me consolai en me disant qu'au moins, ce détail nous mettait sur un pied d'égalité.

Un rictus sardonique aux lèvres, il me fixait toujours de son regard noisette. Le message était limpide. Imaginer ce qu'il était en train de penser à propos de moi me donna envie de vomir.

Il était clair qu'il ne croyait pas un seul mot de ce que je lui avais déclaré et pour être honnête, c'était le cadet de mes soucis. Je me sentais fatiguée et insultée. Je n'eus même pas le désir de me défendre une fois de plus, car au fond de moi, je savais que son opinion était d'ores et déjà arrêtée. Chercher à lui faire changer d'avis était une cause perdue. Là, je voulais simplement rentrer chez moi, j'avais assez livré de batailles comme ça ces dernières heures. J'étais usée.

— Nous en avons fini, Monsieur Tanaka ?

Je fis exprès de l'appeler ainsi, puisque, lorsque je l'avais eu au téléphone l'autre soir, il m'avait rétorqué que « Monsieur Tanaka, c'était son père ». Sachant comme ils s'entendaient, j'étais à peu près certaine que ça aller l'agacer. Moi aussi, je pouvais me montrer désobligeante.

— Effectivement. Nous en avons terminé… pour le moment. Mais ne vous croyez pas sortie d'affaire, Miss McCall, c'est maintenant à moi de décider si oui ou non, vous méritez bien ce poste.

Je lui adressai un sourire crispé.

— Mes états de service sont irréprochables, Monsieur. Vous constaterez que je suis la meilleure dans ce que je fais.

Je m'en voulus aussitôt d'avoir prononcé ces mots. Vu l'opinion qu'il se faisait de moi, je n'aurais pas pu choisir pire. Quoi qu'il puisse en penser, je n'étais pas ce genre de fille. Je le savais et nombre de personnes pouvaient en attester. Malheureusement, j'allais devoir me battre pour le prouver et ça me contrariait. Pourquoi fallait-il toujours livrer bataille bec et ongles pour montrer notre valeur, lorsqu'on était une femme ?

Une chance pour moi, le fils d'Aaron ne répliqua pas. Et s'il l'avait fait, cela n'aurait rien changé. J'étais fatigué de tout ça et surtout de lui. Je voulais pleurer mon ancien mentor. Quoi qu'ait pu penser monsieur Tanaka Junior, quels qu'eussent été les griefs qu'il nourrissait à son encontre, son père avait été un homme bon, un exemple pour moi. Il allait me manquer.

Je tournai les talons et partis sans me retourner.

Situation actuelle : catastrophique.

Émotion prise sur le vif : Argh !

Le chocolat n'allait peut-être pas être suffisant pour calmer mon tumulte intérieur. Il fallait que je fasse un saut au magasin avant de rentrer à la maison. J'allais avoir besoin de beaucoup plus de munitions que ça pour dégommer cette fichue humeur de chien qui s'était emparée de moi dès que l'autre fils de papaye avait ouvert la bouche. En fait, j'avais envie de hurler. Fort. Longtemps. Pas sûre que ça allait arranger mes affaires, ça, si jamais le dragon (mon nouveau boss) avait la bonne idée de sortir de son antre. Je m'abstins donc de tout débordement, même si ça me démangeait.

Je ne passai pas par mon bureau. Les dossiers attendraient que TDS rouvre dans quelques jours. Dans le couloir menant vers l'ascenseur, je courrais plus que je ne marchais. Je voulais m'enfuir d'ici et vite. Je n'étais pas câblée pour affronter les monstres. J'étais quelqu'un de gentil, j'aimais tout le monde et la réciproque était vraie. Du moins, jusqu'à aujourd'hui.

Odin Tanaka me détestait et j'étais prête à parier qu'il allait faire de mon existence un enfer. Et pour quelles raisons ? Aucune ne tenait logiquement la route. Je m'étais expliquée devant lui, je lui avais dit la vérité, seulement, il ne m'avait pas crue. J'étais pourtant quelqu'un d'honnête. Je ne comprenais vraiment pas comment mon destin avait pu tourner au cauchemar en l'espace de si peu de temps.

Dans la cabine, j'appuyai sur le bouton menant au parking souterrain.

Je pense que je n'avais jamais rejoint aussi vite mon véhicule de ma vie. Il fallait que je m'éloigne, que j'aille me terrer dans le seul endroit où désormais je me sentais bien. Ça avait peut-être quelque chose de lâche, mais mon instinct de survie me disait que c'était exactement ce je devais faire.

Une fois au volant de ma voiture et après avoir vérifié que personne ne traînait dans le coin, j'éclatai en sanglots.

Chapitre 14

Odin

Je restai longtemps comme ça, debout les mains enfoncées dans mes poches, les yeux obstinément tournés en direction du couloir dans lequel miss McCall avait disparu.

Je m'étais comporté comme un vrai connard avec cette femme. Avoir son visage innocent face à moi avait été la goutte d'eau. Cette nana n'était pas claire, c'était certain. Sinon, comment expliquer le fait qu'elle ait grimpé les échelons au sein de TDS aussi vite ? Il devait assurément y avoir une embrouille.

Une part de moi me confortait dans l'idée que malgré ses dénégations, Prudence McCall avait bien été la maîtresse de mon père. Elle avait tout ce qu'il aimait chez une femme : elle était jeune, magnifique, avait un corps de rêve. Peut-être un peu petite, selon les standards d'Aaron, mais à part ça, on était dans son schéma typique. Cependant, je n'aurais pas dû me montrer aussi insistant avec elle. Je ne comprenais pas vraiment ce qui m'avait pris. En fait, si, je le savais très bien : la voir en couverture des magazines, allongée au sol, et la tête de mon paternel entre ses seins… Ouais, ça m'avait fichu en rogne. J'aurais pourtant dû être rodé à ce genre de choses. Aaron faisait régulièrement la une des tabloïds, selon quelle bimbo était accrochée à son bras. Son parfum de la semaine ou du mois.

Il avait toujours été comme ça, un coureur de jupons. Ma mère en avait fait les frais avec Michelle, Darlene, Penelope… Dénominateur commun : des femmes jeunes et jolies avec des prénoms de poupées, attirées par le fric et la notoriété que le nom des Tanaka pouvait conférer. Et maintenant, c'était au tour de Monica. J'avais presque pitié d'elle.

Un sourire satisfait étira mes lèvres. En fait non, elle expérimentait ce qu'elle avait fait subir aux diverses compagnes d'Aaron. Un juste retour de bâton.

À propos d'elle, je m'attendais à avoir de ses nouvelles à un moment ou un autre et ce n'était pas franchement une chose dont j'avais envie. Je pressentais qu'elle allait jouer les veuves éplorées devant les gens et qu'une fois hors de portée d'oreilles indiscrètes, elle retirerait son masque pour me parler de je ne sais quoi. Son « projet d'avenir », certainement. Comme si j'en avais quelque chose à carrer de son train de vie, de ses aspirations et du pognon qu'elle voudrait. Cette garce allait vite retomber sur terre. Entre autres choses, Aaron Tanaka avait été connu pour être une pince, j'étais quasi sûr qu'il ne lui avait rien laissé. Moi, amer et vindicatif ? Même pas un peu. Sauf lorsqu'il s'agissait de Monica Black.

Un homme apparut sur le seuil de la porte.

— Monsieur Tanaka ?

Je me massai l'arête du nez, agacé.

— Il m'avait semblé avoir expressément demandé à ce que personne ne soit présent dans les locaux de TDS pour les trois jours à venir ? Vous avez bien eu le mémo, je me trompe ?

— Votre père n'aurait pas...

— Mon père est mort et son inhumation aura lieu demain comme le veut la tradition chez les Tanaka. Le travail reprendra lundi, tranchai-je sur un ton qui n'acceptait aucune objection.

Bien que sa mère ait été américaine, Aaron avait été élevé suivant la coutume japonaise. Par la suite, même s'il ne s'y était pas totalement conformé, Aaron nous avait inculqué quelques points de cette tradition, notamment en ce qui concernait les pratiques funéraires. C'était presque risible, compte tenu du fait que selon moi, il avait cruellement manqué de sens moral toute sa vie. Il avait été un père absent et assez déplorable, mais, paradoxalement, respecter ses choix était le moins que je puisse faire.

La veille, lorsque Miss McCall m'avait joint pour m'annoncer son décès, j'avais couru à l'hôpital pour enclencher Makuragyô, la première étape du rituel qui allait durer en tout quarante-neuf jours. Comme j'étais le fils aîné – j'étais le dernier né, mais mes deux sœurs étaient plus âgées que moi – c'était à moi qu'incombait la tâche de faire en sorte que le voyage de mon père vers sa dernière demeure se déroule comme il l'aurait souhaité. De ce fait, j'avais passé une nuit blanche, j'étais donc crevé et particulièrement sur les dents. Je devais rentrer rapidement, je n'étais venu que pour rencontrer Prudence McCall. Je voulais me faire une première impression de la femme avec qui j'allais devoir bosser – à condition qu'elle soit compétente, ce dont je doutais fortement. Même si sur le papier elle semblait avoir toutes les qualités requises pour le poste, j'étais loin d'en être persuadé. Ça, je m'en étais convaincu entre hier soir et ce matin.

Comme s'il avait été sourd à ce que je venais de lui dire, l'homme avança tout de même.

— Monsieur Tanaka, nous devons parler.

Je lâchai un soupir irrité et allais m'asseoir à mon bureau. Comme je sentais poindre une migraine carabinée, j'attrapai et mis mes lunettes. Je fixai le mec, compulsant mentalement les fiches du personnel que j'avais eu le temps de lire depuis la veille. Je trouvais assez rapidement. Le type face à moi était Francis Harrington, du service juridique.

Je regardai ma montre avant de relever les yeux vers lui.

— Bien. De quoi voulez-vous qu'on discute ?

Je fis un geste de la main, l'invitant à prendre une chaise. Il acquiesça, s'assit et s'éclaircit la voix avant de recommencer à parler.

— Nous pensons qu'il y a un espion au sein de Tanaka Data Security.

Des soupçons. Mouais.

— Je peux savoir pourquoi c'est le pôle juridique qui m'en informe ? On n'a pas, je ne sais pas, un service sécurité ici ?

Francis se rembrunit.

— C'est moi qui vous en parle parce que votre père et moi étions amis. Un peu avant son décès, nous en avions discuté ensemble et…

— Avez-vous des preuves concrètes ? Qu'est-ce qui a amené Aaron à soupçonner de l'espionnage industriel ?

— C'est Miss McCall qui a fait remonter l'info. Elle

travaillait alors comme cheffe de bureau, mais également en étroite collaboration avec votre père. Elle a d'abord mis le doigt sur des détails qui n'auraient jamais dû être remarqués. Quelques jours plus tard, on a trouvé un software très similaire à notre produit sur le net.

Je sifflai sans pouvoir m'en empêcher.

— Et vous ne croyez pas que ça puisse être le hasard, tout simplement ?

— Il aurait fallu plus de temps que ça pour fabriquer un clone de notre algorithme aussi parfait, Odin, me dit-il comme s'il parlait à un gosse de cinq ans.

Je lui lançai un regard froid.

— Je suis au courant de tout ça, Francis. Je tiens à vous remémorer le fait que je dirige...

Il m'interrompit d'un geste. Je détestais qu'on me coupe la parole.

— Odin... (je commençais à me demander si je ne préférais pas qu'il m'appelle Monsieur Tanaka) ... Je sais dans quelle branche vous travaillez. C'est la raison pour laquelle c'est vous qui êtes désormais à la tête de l'entreprise de votre père et pas quelqu'un choisi par les membres du conseil d'administration.

Je n'aimais pas qu'on me compare à Aaron ni qu'on parle des similitudes qui existaient entre nous, mais pour une fois, l'adage « la pomme ne tombe jamais loin de l'arbre » avait quelque chose de positif. J'étais un génie de l'informatique tout comme l'était mon père. Et j'étais peut-être même plus doué que lui.

Je reportai mon attention sur l'homme assis face à moi. Il

fallait clore cette conversation au plus vite, car j'étais attendu pour m'occuper des détails entourant l'inhumation d'Aaron. Mais j'avais un dernier point à voir avec Francis.

— Vous avez dit que vous « pensez » que quelqu'un au sein de cette entreprise joue les Mata Hari. Vos allégations sont solides, j'imagine ?

Son visage prit une couleur brique et il détourna le regard l'espace d'une seconde.

— Je n'ai aucune preuve tangible.

— Vous n'avez vraiment aucune idée de l'identité de notre espion ? Cela pourrait par conséquent être n'importe qui. Une personne externe, peut-être ?

— Nous en doutons fort, monsieur.

Je plissai les yeux et avançai mes coudes sur mon bureau.

— Par « nous », vous entendez... ?

— Eh bien, feu votre père, moi, et Miss McCall.

Je ricanai.

— Miss McCall, hein ? Vous ne pensez pas que...

Comprenant où je voulais en venir, Francis planta son regard dans le mien.

— Oubliez ça. Prudence est au-dessus de tout soupçon. Vous n'avez pas idée de son implication dans la société ni de ses compétences. Sauf votre respect, monsieur.

Sa voix était tellement dégoulinante de respect envers Prudence McCall que j'en eus presque la nausée.

Visiblement, elle avait des supporters. Grand bien lui fasse. Elle allait en avoir besoin, car moi, je ne l'aimais pas du tout ni ne lui faisais confiance. Elle devait forcément avoir un squelette dans son placard, un petit secret bien noir et honteux. J'allais trouver ce que c'était. Personne ne pouvait être si parfait.

Je plantai mon regard dans celui de l'avocat.

— Très bien, Francis. Demandez à ce qu'on mette quelqu'un sur le coup. Discrètement, cela va sans dire. Je ne veux personne au courant de cette affaire, à part vous et moi. Il faut savoir d'où viennent ces fuites.

Chapitre 15

Prudence

Ma sœur était recroquevillée sur le canapé, regardant une rediffusion de *Supernatural*, lorsque je rentrais vers midi.

Elle tourna la tête dans ma direction et fronça les sourcils en fixant une version beaucoup plus énervée de moi que celle qu'elle avait croisée le matin.

— Dois-je demander comment s'est passée cette entrevue ?

— Tu veux parler du fait que mon vibro porte le même nom que mon nouveau patron ou qu'il m'a plus ou moins accusée d'avoir couché pour réussir ?

— Qui ? Ton vibromasseur ?

Je la fusillai du regard. Elle faisait exprès de ne pas comprendre. Bien sûr qu'elle savait déjà comment ça s'était déroulé vu que je lui avais envoyé un texto plutôt éloquent, se résumant à un très succinct ***« je vais le TUER ! »*** juste après être sortie du bureau d'Aaron. Merde. Du bureau d'Odin.

Elle baissa le son de la télé et tapota le canapé me faisant signe de l'y rejoindre.

— Viens-là, sœurette. Raconte-moi en détail tout ce qui s'est passé.

Je secouai la tête.

— Nan, j'ai vraiment pas envie d'en parler.

Elle acquiesça sans dire un mot. C'était une chose que j'aimais chez Piper. Elle avait beau être cinglée la plupart du temps, elle n'insistait jamais pour avoir plus d'infos avant que je sois prête à les lui donner.

Je poussai un soupir et décidai que j'avais besoin d'un peu de réconfort sucré.

— Les restes sont dans le frigo, me lança-t-elle sans lâcher l'écran des yeux.

Je me figeai et pris une profonde inspiration, vérifiant s'il y avait des traces de fumée, une odeur de nourriture brûlée ou un éventuel relent bizarre. Mais non, pas un seul indice n'indiquait qu'une spatule ou une casserole avait été touchée par Piper.

Je toussotai.

— Tu as fait à manger ?

Je ne pus empêcher la note un peu méfiante dans ma voix. À part les œufs et le café, ma frangine était une catastrophe en cuisine. En réponse, elle renifla de dédain et je me détendis. Après avoir réalisé les pires expériences culinaires au monde, Piper avait été rétrogradée à la préparation des petits-déj', repas froids et autres réchauffages de surgelés uniquement. Tout le reste constituait un risque d'incendie et d'empoisonnement.

Elle se retourna et me lança un regard indigné.

— Comme ton texto semblait annoncer une tempête et que je n'ai pas cours avant quelques heures, je me suis dit que j'allais t'épargner de faire la popote. Alors, je suis allée chercher quelque chose à manger. Mais puisque tu le prends comme ça, la prochaine fois que tu auras le moral à zéro, je te ferai une omelette au poisson pané ! Ne me remercie pas, surtout.

— Tu es la meilleure !

Je filai dans la cuisine, laissai tomber mon sac sur l'îlot central et sortis la boîte à emporter du réfrigérateur. Des noix de saint-jacques, du riz et une fondue de poireaux. Mon estomac poussa un grognement en réponse à l'odeur succulente qui chatouillait mes narines.

De retour dans le salon, je m'assis à côté de Piper sur le canapé et allongeai mes jambes sur la table basse, avant d'enfourner joyeusement de la nourriture dans ma bouche.

— Combien de fois Sam et Dean ont été ressuscités, déjà ? lui demandai-je.

— J'ai perdu le compte. Ces mecs ont neuf vies. Et encore heureux, parce que qu'est-ce que je pourrais bien regarder d'autre ?

— C'est surtout pas réaliste pour un sou ! Sérieusement, deux gars canon qui parcourent le pays pour buter des fantômes, vampires et autres monstres ? C'est quoi le truc avec ce show ? À quoi ça te sert de visionner les saisons précédentes en boucle ?

— On s'en fout, Pru ! Qui se soucie de la crédibilité ? Et puis, tu l'as dit toi-même : je regarde deux mecs absolument sexy. Ça me suffit. La série fait son job !

Je levai les yeux au ciel.

— La série fait son job, l'imitai-je, en prenant une voix exagérément mielleuse.

Piper me mit une tape sur le bras et je manquai de renverser de la nourriture. Je grognai.

— Hé ! La bouffe c'est sacré !

Elle gloussa et je poursuivis mon repas, les yeux rivés sur l'écran tandis que ma sœur m'expliquait ce qui allait se passer. Ouais, si l'on ne voulait pas de spoilers, il ne fallait pas traîner avec Piper McCall. Elle avait le chic pour vous gâcher une série alors que vous n'aviez pas vu la fin que vous attendiez depuis des années.

Elle pointa la télévision du doigt :

— Maintenant, Bobby va mourir à cause des Leviathans.

Je ne pris même pas la peine de cacher mon amusement. Qu'est-ce que je disais ? Heureusement que je ne suivais pas ce show.

Le temps que je finisse de manger, nous en étions arrivées au bout de l'épisode. Je me levai, filai dans la cuisine et en revins avec un pot de glace et deux cuillères. Piper me lança un regard approbateur et me laissa reprendre place à côté d'elle.

Elle savait que j'étais prête à me confier.

— Bon. Parle-moi de ton nouveau boss. Comment il est ? demanda-t-elle en plongeant son couvert dans la crème glacée à la vanille.

— Un véritable enfoiré.

— Ça, j'ai cru le deviner, vu ce que tu m'as dit en arrivant.

Mais sinon ?

— Un Dieu. Sexy. Ténébreux. Un connard, quoi.

— Parce que tous les mecs sexy, beaux comme des dieux et ténébreux sont obligatoirement des connards ?

Je lui lançai un coup d'œil incrédule. Comment pouvait-elle ne pas savoir un truc pareil ?

— Ouais. C'est exactement ça.

— Et d'où tu sors ce dogme d'une rare sagesse ?

— De mon expérience perso, qui date d'une heure et demie environ. Crois-moi, ce type est un véritable fantasme ambulant et il doit à tous les coups en être parfaitement conscient. Mais il suffit de gratter un peu pour voir que sous la surface, c'est pas joli-joli.

— Hu-hu, tu m'en diras tant...

Je la fixai, un tantinet vexée qu'elle ne soit pas de mon avis.

— Nan, mais je suis sérieuse !

— Et toi ? Tu en penses quoi ?

— Il m'a traitée de pute.

— En ces termes ?

— Pas exactement, mais c'est du pareil au même.

Je frissonnai d'humiliation rien que d'y songer de nouveau puis secouai la tête pour chasser cette désagréable impression.

Souhaitant clore le sujet, je finis par conclure :

— Il est mon patron, je vais bosser avec lui, mais je ne suis pas obligée de devenir sa meilleure amie. Et puis il ne m'aime pas du tout. Et vu ce qui s'est passé dans son bureau, la réciproque est vraie.

Ma sœur me frotta le dos en signe de soutien.

— Moi, ce que j'en dis, c'est qu'une personne qui ne t'apprécie pas ne peut pas être quelqu'un de bien. Tu es la fille la plus géniale que je connaisse !

Je lui fis un large sourire. Ces derniers jours avaient été éprouvants et j'avais besoin qu'on me fasse des compliments et qu'on me rassure un peu, quitte à en faire des tonnes.

Comme si elle avait parfaitement compris où je voulais en venir, elle mit une nouvelle couche à sa campagne anti Odin Tanaka :

— Tu as raison sur toute la ligne : ce type est un con. Et j'ajoute que quiconque ne t'apprécie pas mérite d'être attaché à un banc, les pieds recouverts de miel et de sel pour subir la torture de la chèvre.

— Amen !

Chapitre 16

Prudence

La veille, les choses avaient été de mal en pis. En milieu d'après-midi, j'avais reçu un appel alarmant du lycée de Parker et j'avais été obligée de m'y rendre en catastrophe.

Malgré tous les efforts déployés par les services communication et juridique, les photos d'Aaron et moi avaient continué à circuler sur la toile une bonne partie de la journée avant qu'elles ne soient enfin supprimées, ce qui avait eu pour conséquence une bagarre dans laquelle mon frère avait été mêlé. Un gosse qui s'était cru intelligent avait proféré des propos salaces à mon encontre et mon frangin avait voulu défendre mon honneur. Il en était sorti avec quelques bleus et un avertissement reporté dans son dossier scolaire. Dire que je m'étais sentie honteuse était loin du compte, en réalité, j'étais au trente-sixième dessous. Ne parlons même pas de la culpabilité que je ressentais pour l'avoir entraîné avec moi dans une situation que je n'avais pas causée volontairement. Parker était devenu un dommage collatéral et ça, ça me rendait malade de ne rien pouvoir y faire. Alors oui, tout le monde finirait par passer à autre chose et oublier, mais en attendant, j'avais entaché la réputation de ma famille.

C'était la raison pour laquelle, ce matin, j'hésitai à aller aux obsèques d'Aaron. Il était décédé trois jours plus tôt et comme les rumeurs qui y étaient associées étaient encore fraîches dans l'esprit des gens, je craignais que ma présence au service funéraire ne soit de trop. J'avais eu ma dose de scandales.

Depuis déjà un long moment, j'avais sorti des fringues de circonstance, les avais posées sur mon lit. En réalité, cela devait faire une bonne vingtaine de minutes que les fixais, les bras ballants, en me demandant si j'allais vraiment les enfiler. Mon absence passerait certainement inaperçue et de toute façon, j'estimais que cette cérémonie était la place de la famille plutôt que d'une employée. Je n'avais pas le courage d'y aller. Mais Aaron avait été mon mentor et mon ami et ne pas lui dire au revoir n'avait pas de sens.

M'inventant toutes les excuses du monde pour rester à la maison, je tournais en rond dans ma chambre pendant encore une bonne quinzaine de minutes. Puis je finis par rendre les armes.

Finalement, mon tailleur pantalon noir et moi nous rendîmes au cimetière.

Durant tout le trajet, j'avais réfléchi et avais décidé que j'allais rester à l'écart, et me faire la plus discrète possible. Mais s'il y avait une chose qui était certaine, c'est qu'on ne faisait pas toujours ce que l'on souhaitait dans la vie.

J'avançai en direction du cortège mortuaire quand on me prit par le bras.

— J'ai vraiment cru que tu n'allais pas venir, me souffla Sophia.

Elle me connaissait tellement bien.

— Tu vois, je suis là.

Elle hocha la tête et m'entraîna vers un groupe de gens. En m'approchant, je constatai qu'il s'agissait de nos collègues et je ralentis le pas, quelque peu alarmée. Pour être honnête, j'avais peur de leur réaction et du regard qu'ils pourraient poser sur moi. Je n'avais jamais donné de raison pour me critiquer, avais veillé à rester discrète, professionnelle et ne pas me placer dans des situations inconfortables qui auraient risqué de remettre en question mon job et/ou ma vie privée, pourtant, ces dernières soixante-douze heures, j'avais appris à mes dépens qu'il y avait toujours un grain pour venir se glisser dans l'engrenage d'une routine parfaite et tout faire capoter. Mes années d'université, mon diplôme et le temps passé à collaborer avec Aaron ne m'avaient pas préparée à ça. Rien ne le faisait, en réalité. Et désormais, je le savais.

— Ça va aller, Pru, me chuchota Sophia d'une voix rassurante.

J'opinai rapidement du chef tandis que nous avancions vers Miranda Jacobs, qui travaillait au service communication. Lorsqu'elle me vit, elle m'offrit un sourire et m'étreignit avec force la seconde d'après.

— On t'attendait, Prudence, me dit-elle. On est au complet, maintenant.

Je regardai autour de moi avec surprise. En fait, tous mes collègues s'étaient déplacés pour rendre un dernier hommage à notre ancien patron. Chacun à leur tour, ils vinrent me saluer avec chaleur. Je me détendis. Mélangée aux employés de Tanaka Data Security, je me sentis plus légitime et je laissai aller un long soupir de soulagement.

Nous discutâmes un moment, nous remémorant notre dirigeant avec autant de nostalgie que d'humour. Aaron nous avait tous marqués d'une façon ou d'une autre. Il allait vraiment nous manquer.

Un homme marcha dans notre direction et nous demanda de le suivre un peu plus loin, vers les sièges qui nous avaient été réservés. Assurément, celui ou celle qui s'était occupé d'organiser les obsèques avait pensé à tout. Personne n'avait été oublié.

Au moment où j'allais vers ma chaise, les petits cheveux en bas de ma nuque se hérissèrent soudain. Je tournai la tête et mon regard croisa celui d'Odin.

Je m'arrêtai net, au beau milieu de la pelouse. Il avait beau se tenir à une dizaine de mètres plus loin, je sentis tout le poids de l'hostilité qu'il avait envers moi. Je n'étais pas la bienvenue ici, c'était clair comme de l'eau de roche. Je déglutis avec difficulté. Message reçu, Boss.

J'ignore combien de temps je restai là à soutenir le regard froid et inamical du fils d'Aaron, toujours est-il que je vis apparaître plusieurs de mes collègues à mes côtés. De manière assez stupéfiante, ils se postèrent autour de moi, faisant écran entre Odin et moi. Ils… en fait, ils me protégeaient !

— Allez, viens, Prudence, m'enjoignit doucement Taylor Connors, l'un des concepteurs de produits. On sait tous qui tu es et le nouveau patron finira par s'en rendre compte, lui aussi.

Les larmes me montèrent aux yeux et je dus lutter pour les

contenir. J'adressai un regard reconnaissant à Taylor et allais m'asseoir.

Peu après, deux prêtres s'avancèrent – l'un catholique, l'autre bouddhiste, si j'en croyais sa tenue – et la cérémonie commença.

Une réunion commémorative avait été organisée par les soins de Sophia à la tour Tanaka (après approbation de l'actuel patron) et en tant que vice-présidente de TDS, il fallait que j'y sois.

En pénétrant dans le hall déjà noir de monde, je remarquai immédiatement Odin, sa mère et ses sœurs et le besoin de faire demi-tour me submergea.

Après l'épisode du cimetière, je n'avais pas vraiment envie de subir une fois de plus les regards haineux de mon nouveau supérieur hiérarchique, ça aurait été au-dessus de mes forces. J'étudiai brièvement les différentes options s'offrant à moi et choisis de chercher et trouver Sophia afin de lui donner une excuse pour rentrer chez moi. Je ne tardais pas à l'apercevoir, en grande conversation avec deux de nos collègues. Parfait.

J'avançai d'un pas rapide dans sa direction. Une main saisit mon bras et je fus tirée en arrière. Brutalement arrêtée en pleine course, je vacillai sur mes talons. Je me tournai, prête à demander des explications pour un tel acte, et me figeai.

Face à moi se tenait une femme, une véritable beauté. Monica Black.

Et comme le regard froid et la gifle magistrale qu'elle me flanqua l'en attestèrent, elle n'était pas du tout heureuse de me voir.

Chapitre 17

Odin

Le silence se fit brusquement et tous les yeux se tournèrent en direction du bruit. Comme les eaux de la Mer Rouge, la foule se sépara en deux et je vis Prudence McCall aux prises avec mon pire cauchemar. Monica. Maman devint blême en l'apercevant.

Je me pinçai l'arête du nez, passablement agacé.

— Putain, mais qu'est-ce qu'elle fiche là ? marmonnai-je.

Je me retournai vers Wilda.

— On est d'accord qu'on ne l'a pas conviée ?

— C'est toi qui t'es chargé de prévenir tout le monde, frangin.

Je plissai les yeux.

— Donc, on est d'accord.

Je reportai mon attention sur les deux femmes. Prudence se tenait la joue et reculait lentement face à une Monica furieuse. Il fallait que j'intervienne avant que les choses ne deviennent pires. Je n'avais aucune intention de me poser en chevalier à l'armure étincelante, mais je connaissais assez mon ex pour savoir de quoi elle était capable. Même si je n'appréciais pas Miss McCall, elle ne méritait pas ça.

Je m'excusai auprès de ma mère et mes sœurs et m'élançai d'un pas pressé en direction de Prudence.

— Je viens avec toi ! m'informa Solveig en apparaissant à mes côtés.

— Si ça t'amuse...

Elle laissa échapper un rire bref.

— Tu ne peux pas savoir à quel point j'ai envie de rabattre son caquet à cette sorcière !

Surpris par ses propos, je lui lançai un regard en coin.

— Quelque chose dont je devrais être au courant, grande sœur ?

— Tu le sauras bien assez tôt.

Je n'appréciais pas qu'elle fasse de la rétention d'infos, surtout après qu'elle nous avait avoué avoir été en contact avec notre père depuis plus d'un an. Dieu seul avait une idée de ce qu'elle avait encore à nous dire, et ces derniers temps, Solveig était la championne des cachotteries. Je n'aimais pas vraiment cela.

Lorsque nous arrivâmes près d'elles, Prudence et Monica étaient en pleine « discussion ». En réalité, mon ex était en train de se livrer à son jeu favori : lancer des insultes.

Désabusé, je secouai la tête.

Monica n'avait pas changé. Comme toujours, elle était tirée à quatre épingles : elle portait une robe noire – qui, je n'en doutais pas, était une création unique de je ne sais quel couturier à la mode – et une espèce de chapeau de la même couleur, orné d'un voile qui lui tombait devant les yeux. Le parfait accoutrement de la veuve éplorée.

Je m'interposai.

— On peut savoir ce que tu fais là, Monica ? demandai-je d'une voix sourde.

— À ton avis ?

— C'est une réunion privée. Tu n'as pas été conviée.

Mon ex envoya un regard haineux à Prudence puis se tourna vers moi, les mains posées sur les hanches.

— Et elle, cette traînée, qu'est-ce qu'elle fait ici ?

Prudence s'indigna :

— Je vous répète que je ne...

— Allez faire croire ça à quelqu'un d'autre. Je sais reconnaître les femmes telles que vous.

— Tu veux dire, parce que tu en es une ? ne pus-je m'empêcher de répliquer.

J'entendis le ricanement de ma sœur et lui lançai un avertissement silencieux. On n'avait vraiment pas besoin que Monica se décide à faire un scandale de plus.

Mon ex pinça les lèvres, fusilla Solveig du regard et reporta son attention sur moi.

— Je peux savoir pour quelle raison je n'ai pas été invitée à l'enterrement de mon mari ?

J'ouvris la bouche, mais ma frangine fut plus rapide que moi.

— Certainement parce que ça n'était pas ta place, Monica.

— Ah ! Je vois… Ça vient de toi !

— En réalité, de nous tous, dis-je pour faire bloc avec ma sœur, nous ne souhaitions pas ta présence.

— Aaron était mon mari ! J'aurais dû être prévenue.

Elle me rendait malade.

— La nouvelle était dans tous les journaux, tu ne peux pas l'avoir ignorée. Et si tu avais voulu le voir une dernière fois, tu te serais déplacée plus tôt. Ou, au minimum, tu aurais tenté de nous contacter, ne serait-ce que pour savoir comment allaient se dérouler les funérailles. Comme tu ne l'as pas fait, nous en avons tiré les conclusions qui s'imposaient.

Monica resta bouche bée quelques secondes, mais j'étais certain qu'elle allait très vite recouvrer la parole. Elle n'était jamais à court de mots et de poison.

Solveig fit un pas en avant et plongea ses yeux dans ceux de Monica.

— Je vais te dire la vérité, Monica. Tu n'avais pas ta place avec nous pour la simple et bonne raison que tu n'es plus un membre de la famille, si jamais tu en as fait partie à un moment. Mon père et toi aviez signé les papiers du divorce quelques jours avant son décès. N'ose même pas prétendre le contraire.

Je me figeai. Qu'est-ce que c'était encore que cette histoire ?

Solveig dû sentir mon regard peser sur elle, car elle tourna la tête vers moi.

— J'ai vu les documents la dernière fois que j'ai rendu visite à papa, m'expliqua-t-elle d'une voix posée.

Puis elle reprit à l'intention de l'ex-femme d'Aaron :

— Pour information : je suis au courant de pas mal de choses, notamment des raisons qui ont poussé mon père à vouloir le divorce.

— Il me trompait avec cette salope !

À quelques pas de moi, Prudence se recroquevilla et pendant une minute, je me demandais si elle m'avait vraiment raconté la vérité lors de notre entrevue, l'autre jour. Je ne l'avais pas crue, mais elle avait eu l'air si innocente et avait mis tant d'énergie à essayer de me convaincre, qu'une fois rentré chez moi, j'avais réfléchi et commencé à lui accorder le bénéfice du doute. Cependant, à en juger par les dires de Monica, ma première impression avait été juste. Mon instinct ne me faisait donc pas défaut.

— Tu devrais apprendre à te taire, Monica, dit soudain ma sœur. Prudence n'était pas la maîtresse de papa, je le sais de source sûre.

— Tu mens ! Tu me détestes tellement que tu ferais tout pour protéger cette catin !

Solveig se mit à rire sèchement.

— En effet, je ne t'aime pas. Mais, crois-le ou non, ça n'a rien à voir. Figure-toi que j'ai rencontré Allison. C'était elle, la nouvelle petite amie de papa. Une fille adorable, soit dit en passant, tout le contraire de toi.

C'était donc ça qu'elle voulait révéler ! Ma sœur était une véritable cachottière. Quoi qu'il en soit, j'étais désormais forcé de me rendre à l'évidence : Prudence ne m'avait effectivement pas menti et moi, je l'avais accusée à tort des pires maux de la terre. Je me sentis à la fois soulagé et mal à l'aise. J'allais devoir lui présenter des excuses. Pourtant, ça ne changeait rien : innocente ou non, je ne l'appréciais pas.

Pour l'heure, ce n'était pas ma préoccupation principale et il serait toujours temps d'avoir une entrevue avec Miss McCall lors d'une autre occasion, son agenda étant le même que le mien. Je croisai les bras sur mon torse et ancrai un regard déterminé dans celui de Monica.

— Je te prie de t'en aller, tu en as assez fait comme ça.

Livide, elle me fixa un long moment avant de faire quelques pas dans ma direction et se planter à quelques centimètres de moi. Là, elle posa une main aux doigts parfaitement manucurés sur mon avant-bras. Un frisson de dégoût me traversa et je reculai pour échapper à son contact. Cela ne sembla pourtant pas la dissuader de continuer.

— Odin… C'est réellement ce que tu veux ? On a été proches, toi et moi, tu te souviens ? Je ne pense pas que tu souhaites me traiter comme ça…

— J'y crois pas ! Elle ne doute vraiment de rien, celle-là ! grinça ma sœur entre ses dents.

L'ex-femme de mon père tourna vers elle un visage malveillant.

— Je te jure que si tu ne te la fermes pas, je t'arrache les yeux !

— Voyez-vous ça ! Où sont passées tes bonnes manières, Monica chérie ? Oups, pardon, tu n'en as jamais eu…

J'attrapai le bras de Monica avant qu'elle ne puisse toucher ma sœur.

— N'essaye même pas ! la prévins-je d'une voix sourde.

Apparemment pas impressionnée par mon avertissement, elle soutint mon regard. Je me demandai soudain comment j'avais pu tomber dans ses filets. Cette femme n'avait rien d'attirant. Tout en elle n'était que noirceur. À croire qu'elle avait voué sa vie à pourrir celle des autres. Quoi qu'il en soit, nous en avions fini avec elle.

Je la relâchai brusquement et lui offris un regard glacial.

— Tu pars de toi-même ou dois-je te faire escorter dehors par la sécurité ?

Un petit rictus étira ses lèvres.

— On se reverra, Odin.

— J'en doute fort, Monica.

Elle fit demi-tour dans un mouvement dramatique, faisant voler ses cheveux autour d'elle. Ses talons claquèrent lugubrement sur le sol tandis qu'elle s'éloignait enfin. Cette femme aimait tellement jouer les divas ! Encore une fois, elle avait attiré l'attention sur elle. Mais en ce qui nous concernait, c'était la dernière fois. J'allais y veiller.

Je me tournai vers ma sœur et nous poussâmes en même temps un long soupir de soulagement.

Comme s'ils n'avaient attendu que ça, les convives reprirent leurs conversations et bientôt, le hall de la tour Tanaka résonnait des voix de tous ceux qui étaient venus accompagner mon père dans sa dernière demeure. L'incident était déjà oublié, n'en déplaise à Monica Black.

Je me tournai vers Miss McCall. Il était temps de lui présenter mes excuses et je n'allais décemment pas caler ça entre deux rendez-vous professionnels. Je savais lorsqu'il fallait déposer les armes.

— Prudence, je voulais…

Je m'interrompis aussitôt. Alors que quelques instants plus tôt, elle se tenait à ma droite, je ne trouvais plus personne. Je lançai un coup d'œil aux alentours, scrutant la foule, mais je ne la vis nulle part.

Elle avait tout simplement disparu.

Chapitre 18

Prudence

Piper était au milieu du salon, sur un tapis de yoga, étirée dans une salutation au soleil, quand je me réveillais le lendemain matin. Étrangement, Georges était là, sur le divan, attendant je ne sais quoi. Il se lécha les pattes puis laissa entendre un miaulement rauque et posa ses prunelles jaunes sur moi. Lentement, je tendis la main dans sa direction et lui grattai le haut du crâne. Le matou ferma les yeux et se mit à ronronner. Étonnant. Il n'agissait pas ainsi, normalement. Peut-être était-il malade ?

— Une idée de ce qu'il fait ici ? demandai-je à ma sœur.

— Je suis comme toi, Pru. Je suis descendue et il était déjà là, comme s'il attendait quelque chose.

Au moment où je m'étais couchée, la veille, il n'était pas apparu en plein milieu de mon lit comme à son habitude. J'avais alors supposé qu'il devait être parti en vadrouille et comme je n'avais pas eu l'intention de poireauter jusqu'à ce qu'il daigne venir me rejoindre, j'avais fermé la porte de ma chambre et éteint la lumière.

— Tu lui as donné à manger ?

Piper tourna la tête vers moi.

— Ça va, je sais encore m'occuper d'un chat ! marmonna-t-elle indignée.

Je fixai l'animal d'un regard méfiant.

— Peut-être qu'il attendait que tu te calmes ? reprit ma sœur. Il a certainement senti comme tout le monde ici que tu n'étais pas dans ton assiette, alors il a craint pour sa vie ?

J'attrapai un des coussins du canapé et le lui balançai en pleine figure. Un « outch ! » étouffé me parvint dans la seconde.

— N'essaye pas de me tuer ! C'est pas moi qui t'ai saoulée !

— Il faut toujours que tu exagères ! râlai-je gentiment. Je n'étais pas si énervée que ça !

— Mais oui… Et à ton avis, pour quelle raison Park et moi avons passé la soirée dans nos chambres ?

Je la fixai avec surprise.

— C'est vrai ? J'étais si horrible que ça ?

— Non. Tu as juste claqué les portes, monté l'escalier avec la démarche d'un éléphant et tu nous as à peine répondu quand on a essayé de te parler. On a préféré te laisser tranquille, le temps que tu sois plus calme.

Je m'avachis sur le canapé et Georges se carapata en feulant. Finalement, non, il n'était pas malade puisqu'il agissait comme à l'accoutumée. Je ne comprenais vraiment rien à ce greffier.

Piper se releva et vint me rejoindre.

— Bon. Qu'est-ce qui s'est passé, hier ? C'était si horrible que ça ? C'est de nouveau l'autre connard d'Odin Tanaka qui s'en est pris à toi ?

Je poussai un long soupir et sentis autant de colère que de frustration monter en moi au souvenir des événements de la veille.

— Si encore ça n'avait été que lui…

— Comment ça ?

— L'ex-femme d'Aaron s'est pointée alors qu'elle n'avait pas été invitée et bien entendu, c'est sur moi que c'est retombé.

Ma sœur me fixa avec effarement.

— Hein ? Tu m'as perdue, là.

Je levai les yeux au ciel avant de lui relater les événements de la veille. Lorsque je finis, elle me fit une moue compatissante.

— Pru…, je suis tellement désolée pour toi !

Je haussai les épaules.

À vrai dire, j'étais également navrée pour ma personne. C'était comme si l'univers tout entier s'était ligué contre moi et qu'il s'amusait à déverser toute sa haine d'un coup. J'étais du genre à avoir le dos large, j'avais traversé des épreuves et m'en étais relevée, mais là, je commençais à être fatiguée.

— Tu comptes faire quoi, me demanda Piper ?

Je la regardai sans comprendre.

— Comment ça ?

— Eh bien, lundi, tu es censée reprendre le travail. Après tout ce qui est arrivé, comment tu vas gérer ça ? Ça ne te fait pas peur d'y retourner ?

— Ça se passera bien, Piper. Il le faut. Je vais faire en sorte que tout aille bien. Je ne vais pas m'arrêter à deux ou trois embrouilles. TDS a besoin que je sois au top. Je ne vais pas me laisser abattre, ce n'est pas mon genre.

Elle posa sur moi un regard dubitatif.

— OK, mais fais attention à toi, d'accord ? finit-elle par dire au bout d'un long moment.

Touchée par son inquiétude, je lui ouvris les bras. Elle était trop adorable.

Nous nous fîmes un câlin et je me sentis aussitôt rassérénée. Il n'y avait rien de tel qu'un peu d'amour pour vous regonfler les batteries à bloc. Et de l'affection, j'en recevais beaucoup. J'étais vraiment chanceuse. Avec l'aide de ma bonne étoile – si jamais elle se décidait à revenir de vacances – cette période d'infortune allait vite se retrouver derrière moi et tout irait comme sur des roulettes, comme avant.

Je me levai du canapé, il était plus que temps de prendre un café.

— Tu ne veux pas essayer le yoga avec moi, après ton petit-déjeuner ? me demanda Piper juste avant que je quitte la pièce.

— Et pourquoi je ferais ça ?

— Pour ton propre bien ! Est-ce que tu sais que les employés de bureau sont plus susceptibles, à cause de leur sédentarité, de développer des affections musculo-squelettiques ? Des pathologies comme les troubles circulatoires, le diabète, ou l'obésité, aggravées par le grignotage et/ou une restauration rapide, sans vraie pause-déjeuner ?

Je ris légèrement.

— Toi, tu as eu un cours de socio, ça se voit.

Ma petite sœur se releva et me rejoignit.

— Je ne plaisante pas, Pru ! Il est prouvé qu'une pratique du yoga deux fois par semaine diminue tous ces risques !

Je secouai doucement la tête, amusée.

— J'aurais trop peur de me coincer quelque chose en faisant ton truc. Je te laisse toutes tes positions bizarres, OK ?

Elle expira longuement et fit la moue.

— Par moments, tu es vraiment entêtée ! Je ne faisais que te donner des conseils, moi !

Je lui souris avec douceur.

— Merci d'être là pour moi, ma puce. Peut-être que j'essayerai, un jour.

— Promis ?

Après tout, qu'aurais-je à y perdre ?

Je hochai la tête.

— Promis. Mais pour le moment, j'ai un besoin urgent de caféine !

Elle grimaça un peu. Seigneur ! Qu'allait-elle encore me sortir ?

— À propos de ça… Est-ce que tu savais que le café est un excitant et que…

Je m'enfuis vers la cuisine en plaquant mes mains sur mes oreilles.

— Chut ! Je ne veux rien entendre ! Le café, c'est la vie !

Le lundi, je me réveillai de bonne heure et décidai de ne rien modifier à mes habitudes. J'allais faire comme si le décès d'Aaron n'avait rien changé. Forte de cette résolution, je me préparai pour aller au boulot.

J'aurais menti si j'avais dit que je ne me sentais pas un peu nerveuse. J'allais désormais travailler avec un tout nouveau patron. J'ignorais s'il avait ou non pris des dispositions concernant les règles de fonctionnement de la société ni s'il nous faudrait du temps pour trouver nos marques dans cette collaboration aussi soudaine qu'inédite.

Arrivée devant le bâtiment, j'arrêtai ma voiture quelques instants et inspirai profondément. J'avais l'impression de me retrouver à la case départ, au premier jour dans les bureaux de Tanaka Data Security et honnêtement, ça me refilait un peu mal au ventre. Mais tout allait bien se passer, n'est-ce pas ?

Durant le week-end, je m'étais renseignée sur Odin. En googlisant son nom, j'avais découvert qu'il était un génie de l'informatique et avait monté sa propre entreprise. J'en avais été soulagée. Au moins, il savait ce que nous faisions chez TDS. Nous n'allions pas avoir besoin de lui expliquer des choses dont il ne comprendrait pas la teneur et qui ne l'intéresseraient pas. D'après ce que j'avais lu, c'était même tout le contraire. Odin Tanaka était un passionné. Il collait tout à fait à son poste de

PDG. J'avais confiance.

Je redémarrai mon véhicule et m'engageai dans le parking souterrain. Une fois garée, je sortis de la voiture et marchai d'un pas léger vers les ascenseurs. Oui, j'étais désormais persuadée que nous allions former une bonne équipe, Odin et moi.

Chapitre 19
Prudence

Voilà trois semaines que je travaillais comme vice-présidente avec Odin Tanaka à la tête de TDS et si nous étions rapidement passés au tutoiement, force était de constater que malgré cela, ça ne marchait pas entre nous. Mais alors pas du tout.

Alors que le problème de ma soi-disant liaison avec son père avait été dissipé grâce aux révélations de sa sœur, nos relations étaient restées glaciales. Si à ce moment-là, j'avais compris sa méfiance envers moi – quand bien même j'avais trouvé ses accusations injustes – je ne m'expliquais pas son besoin constant de me tirer la tronche et de m'envoyer sur les roses à chaque fois que l'occasion se présentait. Quelque chose me disait qu'il avait une dent contre moi. Mais quoi que ce soit et pour quelles raisons, je l'ignorais. Nous échangions assez peu, et vu comme il était agréable, je n'allais certainement pas lui poser la question. En tout cas, Odin Tanaka ne me ménageait pas. J'avais espéré qu'avec le temps, les relations entre nous pourraient s'apaiser un peu, mais il n'en fut rien.

Bien entendu, aujourd'hui ne dérogea pas à la règle.

J'étais arrivée assez tôt le matin et, après avoir livré son latte à mon patron, j'étais retournée à mon bureau pour me préparer au rendez-vous avec l'un de nos clients importants.

Je connaissais Julie Santorini depuis trois ans déjà et avais l'habitude de parler avec elle des contrats et des évolutions de sa société. Lorsqu'Aaron était en vie, j'avais assisté à plusieurs de leurs entretiens et elle me faisait confiance. La rencontrer d'ici une heure me ravissait d'avance. Comme Odin n'avait pas encore eu affaire à elle, j'avais donc décidé de prendre les choses en main en préparant le terrain du mieux possible.

Julie aimait que tout soit bien compartimenté lors de nos discussions, j'avais pris soin de détailler point par point les sujets que je pensais que nous allions aborder. Esmerald International, la société d'import-export qu'elle dirigeait, était sur le point de s'implanter à l'étranger. Au vu de l'argent que l'entreprise brassait, il était nécessaire de faire un point sur le niveau de sécurité informatique qu'elle souhaitait apporter à cette succursale. J'avais dans l'idée qu'elle espérait déployer la même couverture que pour la maison mère, mais je voulais voir avec elle pour en être certaine. J'étais persuadée que sans communication claire et nette, les faux pas étaient possibles et les conséquences pouvaient aller de minimes à désastreuses.

Une fois tout cela mûrement réfléchi, j'appelai le traiteur pour être sûre que la commande passée en vue de cette réunion allait bien être livrée à neuf heures, comme je l'avais demandé la veille. Ce n'était pas vraiment dans mes attributions, une assistante aurait dû s'en charger, mais pour nos clients privilégiés, je préférais tout faire moi-même.

Lorsque ce fut l'heure, je récupérai les petits fours sucrés à l'accueil, remontai tout mettre en place dans la salle de conférence et envoyai un message à Sophia pour qu'elle escorte Julie jusqu'au trente-cinquième étage quand elle arriverait, puis j'allais prévenir mon patron.

Je frappai deux coups à sa porte et attendis. Comme je n'obtenais pas de réponse, je me décidai à entrer.

Assis à son bureau, un casque sur ses oreilles et le journal du matin sous les yeux, il paraissait complètement inconscient de ce qui se passait autour de lui. Une vague d'irritation me traversa. Une cliente importante n'allait pas tarder à arriver dans les locaux de TDS et mon patron ne semblait absolument pas plus préoccupé que cela.

J'avançai et posai le dossier Esmerald International devant lui dans un mouvement un peu brusque. Mon boss releva promptement la tête et se débarrassa vivement de ses écouteurs, comme un gosse pris en train de faire une bêtise . D'abord surpris, son regard noisette se fit glacial.

— Je croyais t'avoir dit que je ne voulais pas être dérangé avant neuf heures trente le matin ?

— Je le sais.

— Alors, pourquoi ne pas suivre les règles que je t'ai données ?

— Parce qu'elles ne s'appliquent pas lorsque nous avons rendez-vous.

Il se leva de son fauteuil comme un diable sortait de sa boîte et, plaquant ses mains sur son bureau, se pencha d'un air menaçant.

— Nous n'avons pas une réunion. J'ai une réunion.

— Mais tu n'as jamais rencontré la PDG d'Esme...

Il me coupa la parole.

— Et qui crois-tu que tu sois ? Je dirige TDS et suis tout à fait capable de me débrouiller sans toi, me balança-t-il sèchement.

Je reculai d'un pas.

Dans un coin de ma tête, je sus immédiatement que je venais d'opérer une erreur stratégique. Jamais je n'aurais dû me laisser intimider. Odin était désormais au fait qu'il détenait le pouvoir.

Un sourcil relevé, le visage froid et fermé, il me scruta un long moment sans rien dire. Il attendait certainement que je capitule. Je commençais à être fatiguée de nos affrontements incessants. S'il exigeait de prendre lui-même en charge la réunion, qu'il le fasse.

Alors, quand bien même je pressentais que j'allais m'en vouloir, j'abdiquais.

— Très bien. Je viens de déposer sur votre bureau tout ce que vous devez savoir à propos d'Esmerald International, l'informai-je en le vouvoyant volontairement. Vous devriez y jeter un coup d'œil au plus vite, car Julie Santorini ne va pas tarder.

Il baissa le regard vers le dossier puis le releva sur moi et hocha la tête. Il n'ajouta aucun mot et une part de moi en fut grandement soulagée. Je tournai alors les talons, n'ayant plus rien à faire dans ce bureau en compagnie du diable. Je le pensais vraiment, cet homme était Satan lui-même.

J'arrivais à la porte lorsqu'il me héla. Je me figeai et grimaçai avant de me retourner pour lui faire face. Seigneur ! Qu'est-ce qu'il m'emmerdait !

— Vous désirez quelque chose, monsieur Tanaka ? lui

demandai-je d'une voix mielleuse.

Il s'empara d'une pile de dossiers qu'il me tendit.

— J'aurais besoin que tu me photocopies ces quelques documents et que tu fasses un saut aux différents étages pour distribuer ces classeurs à qui de droit.

Agacée, je repassai immédiatement au tutoiement.

— Je ne suis pas ta secrétaire, Odin. Quant aux dossiers, tu devrais t'adresser à Sophia De Leon qui, si tu t'en souviens bien, est la cheffe de bureau. C'est totalement dans ses attributions. Moi, j'ai du travail qui m'attend déjà.

— Je sais qui est Sophia De Leon, Miss McCall.

Je détestais qu'il m'appelle ainsi : dans sa bouche, le surnom que m'avait donné son père durant des années sonnait comme une insulte.

Je lui offris un regard insolent avant de lui rétorquer :

— Puisque tu sais qui elle est, pourquoi ne pas appuyer sur le petit bouton de l'intercom et lui confier cette tâche ?

— Parce que c'est à toi que je le demande. Dois-je te rappeler *qui* est le patron ?

Ayant parfaitement saisi la menace sous-jacente, je revins sur mes pas et lui arrachai les dossiers des mains.

— Très bien, *Boss*.

Là-dessus, je fis demi-tour et sortis de son bureau en fulminant intérieurement. Si je n'avais jamais ressenti de haine envers qui que ce soit, ce n'était plus le cas. Cet homme venait d'entrer dans les annales, il avait réussi à se hisser à la première place d'une toute nouvelle catégorie : les gens que je détestais.

Il était onze heures trente lorsque j'aperçus une femme passer hâtivement devant mon bureau.

Toute la matinée, j'avais pensé à la réunion avec Julie Santorini. J'avais vu revenir Odin environ quarante minutes plus tôt, seul, et je n'avais pas pu m'empêcher de me demander comment leur première rencontre s'était déroulée. La part optimiste de moi avait espéré qu'il s'arrêterait pour me faire un débriefing, mais bien entendu, il n'en avait rien fait. Alors pendant une seconde, je souhaitais que la personne dans le couloir soit la PDG d'Esmerald International. Mais c'était impossible, puisqu'elle devait être retournée à ses bureaux depuis longtemps.

La femme revint sur ses pas et frappa à ma porte.

— Prudence ?

Je souris chaleureusement en reconnaissant Solveig, l'une des sœurs aînées de Satan et me levai.

— Bonjour, je suis heureuse de vous voir.

— Moi aussi. Et si on se tutoyait ? me demanda-t-elle en me rendant mon sourire.

— D'accord !

Honnêtement, j'avais du mal à me faire à l'idée que cette femme si adorable partageait le même sang que mon patron. Elle était si différente de lui !

Je me rendis compte qu'elle me fixait et pris conscience

que je n'avais rien dit depuis un petit moment – et continuais certainement de sourire comme une idiote – et je me souvins immédiatement de mes bonnes manières.

— Est-ce que je peux faire quelque chose pour toi ?

— Tu sais si mon frère est dans son bureau ?

— Je ne l'ai pas vu en sortir, donc je pense que oui. Tu veux que je le prévienne ? demandai-je en avançant ma main vers l'intercom.

Elle secoua la tête et une lueur espiègle traversa son regard qui me rappelait tant celui de son père.

— Non. Je vais lui faire la surprise.

Elle me dit au revoir et s'en fut vers l'office d'Odin. Je me rassis et repris le travail.

Je compulsais les rapports portant sur les tests de notre nouveau logiciel depuis plusieurs minutes, lorsque je les entendis sortir du bureau avant de s'arrêter sur le seuil du mien. L'un d'eux frappa à la porte et je relevai les yeux.

— Miss McCall, je vais déjeuner avec ma sœur. Tu prendras tous mes appels durant mon absence.

Je regardai l'heure en fronçant les sourcils.

— Je suis désolée, Odin, mais c'est également l'heure de ma pause.

Il se pinça l'arête du nez en laissant échapper un soupir agacé.

— Eh bien, tu la décales !

Sur ces mots, il tourna les talons et disparut. Je restais là, les bras ballants. Il était parfaitement au courant que je mangeais tous les jours à la même heure, j'étais persuadée que ce fils de papaye l'avait fait exprès, juste pour m'emmerder. Je pris alors conscience d'une chose : aussi fou que cela pût paraître, Odin Tanaka m'avait déclaré la guerre. Et je n'avais pas la moindre idée de la façon de contre-attaquer.

Quoi qu'il en soit, j'étais affamée. Je sortis donc mon téléphone et composai le numéro de Sophia. Elle décrocha aussitôt.

— Un problème, ma chérie ?

Je soupirai longuement.

— On va devoir reporter notre virée chez Sandro's Cuccina, j'en ai peur.

— Ben pourquoi ? Il se passe un truc au trente-cinquième ?

— Disons que notre adorable nouveau patron s'est levé du mauvais pied et a décidé de faire de moi son souffre-douleur.

— *Encore* ? s'exclama-t-elle. Qu'est-ce qu'il a fait, cette fois ?

— Je t'expliquerai, mais pour l'instant, j'ai besoin de toi. Tu veux bien monter pour que je te donne de quoi me prendre un sandwich ? Satan est parti déjeuner avec sa sœur et je suis coincée ici.

Elle se mit à rire.

— Satan ? Vraiment ? Sérieusement, ce mec ne peut pas être si horrible que ça !

— Si ! Tu n'as même pas idée, Soph. Alors, c'est d'accord ? Tu veux bien me rendre service ?

— Bouge pas, ma poulette, j'arrive !

Chapitre 20

Odin

— C'était quoi, *ça* ? me demanda Solveig alors que les portes de l'ascenseur se refermaient sur nous.

— Qu'est-ce que tu veux dire ?

Elle me lança un regard noir et croisa les bras sur sa poitrine.

— Arrête de faire l'innocent, Odin Tanaka. Tu sais très bien de quoi je te parle.

Oui, j'en étais parfaitement conscient, mais il était hors de question que je lui fournisse une explication, j'avais passé l'âge de jouer à ça. Elle souffla d'agacement.

— Vraiment, parfois j'ai l'impression de revenir à l'époque où tu avais cinq ans et où tu te comportais comme un sale gosse gâté. Je croyais que tout ça, c'était fini.

— Solveig, n'insiste pas !

Bien entendu, ce fut comme si j'avais parlé à l'oreille d'une sourde.

— Qu'est-ce que tu as contre Prudence ? Sérieusement, cette

fille est…

Je l'interrompis, ne parvenant plus à garder mon calme.

— Elle est, quoi ? Brillante ? Compétente ? Intelligente ? Ah oui, j'oubliais : et tout le monde l'aime ! Ce qui fait d'elle l'être humain parfait !

Ma sœur posa sur moi un regard écarquillé de stupeur puis elle éclata de rire. Il ne manquait plus que ça.

— Oh mon Dieu ! J'y crois pas !

Je me pinçai l'arête du nez et grognai.

— Quoi ?

— Odin Tanaka, tu es jaloux ! s'exclama-t-elle au moment où les portes de l'ascenseur s'ouvraient sur le hall bondé.

Je la pris par le coude et nous dirigeai d'un pas pressé vers la sortie. Il était hors de question que les gens nous entendent. Et puis, ma sœur avait perdu la tête, je n'étais pas ce qu'elle disait.

Une fois dehors, je la lâchai.

— Tu veux bien arrêter de raconter des conneries, Solveig ? Tu imagines si quelqu'un nous avait écoutés ?

— Et quoi ? Ça t'aurait fait un deuxième trou au cul ?

Parfois, je me demandais qui de Solveig ou moi était le plus jeune. Elle avait une de ces façons de parler, quand elle s'y mettait !

— Non, mais t'as quel âge ?

— Trente-cinq ans, petit frère.

— Alors tu ne devrais pas t'exprimer comme une ado de seize ans !

Elle ouvrit des yeux ronds et me fixa une bonne minute, bouche bée.

— Odin, je suis désolée de te dire ça, mais être à la tête de TDS ne te réussit pas du tout. Qu'est-ce qui t'est arrivé ? Tu as tellement changé...

Je ricanai doucement en secouant la tête.

— Mais non, je suis toujours le même, grande sœur. Tu te fais du souci pour rien.

— Ah oui ? Alors, prouve-le et retire le balai que tu as dans le c... fondement.

— Je n'ai pas de... peu importe. Allons manger, tu veux bien ?

Elle passa son bras sous celui que je lui tendais et nous nous dirigeâmes vers un petit restaurant italien que j'avais découvert depuis peu.

L'endroit était à la mode et la première fois que j'y avais mis les pieds, j'avais cru que tout Athens s'y retrouvait. Je n'aimais normalement pas les lieux trop fréquentés, mais le patron était sympa et la nourriture excellente. Depuis, je m'y rendais régulièrement, bien que j'avais remarqué que beaucoup des employés de Tanaka Data Security y allaient également. Par chance, lorsque nous y entrâmes, *Sandro's Cuccina* n'était pas aussi bondé que d'ordinaire, ainsi Solveig et moi trouvâmes rapidement une table.

Notre commande passée, Solveig se servit à boire et reporta son attention sur moi.

— Reprenons la conversation où nous l'avons laissée, tout à l'heure.

Je la fixai, un peu perdu, mais devant son sourire espiègle, je compris de quoi elle voulait parler.

— Tu ne vas pas recommencer avec ça !

— Je vais même faire mieux, frérot : je ne te lâcherai pas avant que tu m'aies avoué qu'effectivement, tu es jaloux de Prudence.

— Quand il gèlera en enfer, marmonnai-je.

Elle mit ses coudes sur la table et croisa les mains avant d'y poser son menton.

— Tu sais quoi ? Voilà comment je vois les choses : Prudence est une nana géniale. D'après ce que papa pensait d'elle, c'est une perle. Elle est belle, elle a de l'intuition, fait bien son boulot et est aimée de tous. C'est une chic fille, du genre qui te conviendrait tout à fait, si tu veux mon avis.

Sentant un mal de tête poindre, je sortis mon étui à lunettes de mon manteau et les mis. Ma sœur ricana.

— Tu vois, je suis certaine d'avoir raison. Tu es en train de nous faire le coup de la migraine. T'es vraiment une petite nature quand tu t'y mets, frangin !

Je lui envoyai mon regard le plus noir.

— Si on pouvait parler d'autre chose que de ma soi-disant rivalité avec Miss McCall, ce serait génial. Je ne t'ai pas invitée à déjeuner pour entendre tes hypothèses tirées par les cheveux,

Solveig.

Elle me fit un énorme sourire hypocrite. Elle n'allait pas me lâcher la grappe, cette chieuse !

— Ce qui te dérange, c'est que papa avait tellement confiance en elle qu'il lui avait donné de grandes responsabilités au sein de son entreprise chérie.

Je m'en fichais qu'Aaron ait pu jouer les oncles Ben avec Spider-Prudence, je n'étais pas jaloux, point barre. La théorie de ma sœur était complètement ridicule.

Nos plats arrivèrent et fort heureusement pour moi, cela donna une distraction à Solveig et nous passâmes rapidement à un autre sujet.

Je lui demandai des nouvelles de notre mère et de Wilda et je fus content d'apprendre que toutes deux semblaient s'être remises du décès de mon père. Je promis de venir manger avec elles trois le dimanche suivant. Cela faisait longtemps que je n'avais pas fait une apparition à l'un des brunchs familiaux. Avec mon ancienne société et désormais mes nouvelles fonctions dans celle d'Aaron, je n'avais pas eu une minute à moi.

Alors que nous en étions au dessert, Solveig sortit une enveloppe en papier Kraft de son sac et la fit glisser sur la table, dans ma direction.

— Qu'est-ce que c'est ?

— Ouvre, tu verras bien.

Je m'exécutai.

Dans le pli se trouvaient des photos. Je les passai en revue et ne tardais pas à me rendre compte que Monica y figurait sur toutes.

— Tu m'expliques ? questionnai-je ma sœur en relevant les yeux sur elle.

— Regarde mieux. Il n'y a rien qui te choque ?

Je reportai mon attention sur les images et compris enfin ce que Solveig voulait que je voie. Sur chaque épreuve, Monica était en compagnie d'un homme. D'après ce que je pus remarquer, il avait l'air jeune, il était blond et de corpulence lambda. Je fronçai les sourcils et me concentrai sur la photographie. J'avais l'impression que la tête du type me disait quelque chose, mais sans pouvoir en être certain.

Vaguement agacé, je rangeai les clichés dans l'enveloppe et les rendis à ma sœur.

— Et alors ? Tu sais que je n'ai pas grand-chose à faire de cette fille.

— Je suis au courant. Je ne t'ai pas montré ça pour te faire ressentir quoi que ce soit. En fait, je les ai reçues ce matin de la part du détective privé qu'avait engagé papa. Monica le trompait et c'était la raison qui l'avait poussé à demander le divorce.

Je ricanai sans pouvoir m'en empêcher.

— Il s'était soudain découvert des principes ?

Solveig me mit une tape sur le bras.

— Ne sois pas si méchant, Odin ! Je croyais que tu lui avais pardonné ?

Je haussai les épaules et dégustai une cuillère de tiramisu avant de reprendre la parole.

— C'est juste que je trouve ça un peu gonflé de reprocher à sa femme quelque chose que lui-même ne se gênait pas pour faire.

Ma sœur me regarda tristement.

— Il s'était calmé depuis un moment, mais lorsqu'il a découvert que Monica se moquait de lui, il est retombé dans ses vieux travers.

Je hochai la tête.

— Et que comptes-tu faire de ces photos ? Elles ne valent plus rien, maintenant que papa est mort.

— Je sais, je sais... Mais je trouve que ça fait du bien de voir que lui non plus ne lui faisait pas confiance.

Mouais. Ça arrivait quand même un peu tard, cette prise de conscience.

— Je te propose de les jeter ou d'y mettre le feu, lui dis-je. Je préférerais qu'on n'ait plus aucun souvenir de cette fille et des emmerdes qu'elle a causés à notre famille, qu'en penses-tu ?

Solveig sembla réfléchir une minute

— C'est une très bonne idée !

Après notre déjeuner, je discutais encore un peu avec Solveig, puis je décidai de prendre l'un des plats de la carte à emporter pour l'amener à Miss McCall.

Échanger quelques mots avec ma sœur au sujet de Prudence m'avait fait réfléchir et j'avais fini par admettre que je m'étais comporté comme un vrai con. Du coup, j'espérais que mon offrande aiderait à apaiser les tensions entre nous.

À treize heures, je raccompagnai Solveig à sa voiture, lui promettant une nouvelle fois de venir dimanche, puis une fois qu'elle fut partie, je remontai jusqu'au trente-cinquième étage. Là, le m'arrêtai devant le bureau de Prudence et toquai à sa porte.

— Je t'ai ramené un truc de chez Sandro's Cuccina ! lui appris-je en lui montrant le *doggy bag* que je tenais à la main.

Elle leva sur moi un regard si ébahi que je manquai de rire.

— Tu veux bien répéter ? se reprit-elle au bout d'une seconde.

— J'ai pensé que tu aurais faim, alors ...

Elle grimaça et je me demandais si elle aimait la nourriture italienne.

— Je n'aurais pas dû ?

— Eh bien, c'est aussi surprenant que gentil de ta part, mais...

Je me rembrunis aussitôt.

— Mais ?

— En fait, j'ai déjà mangé. Mais tu peux...

Je la coupai avant qu'elle n'aille plus loin. Les excuses dans son regard étaient de trop, j'avais du mal à les supporter.

— Laisse tomber. Je retourne dans mon bureau.

Je tournai les talons, énervé. Ma gentillesse me perdrait.

Parvenu dans mon office, je fourrai le sac contenant le repas dans le frigo de la pièce attenante et me remis au travail.

En fin de journée, j'avais une migraine carabinée et rien pour la soigner. Je décidai donc que j'en avais assez fait et récupérai mes affaires pour rentrer chez moi. Je refermai la porte à clé en sortant et filai vers l'ascenseur d'un pas pressé.

J'arrivai à la hauteur du bureau de Miss McCall lorsque j'entendis sa voix s'élever.

— Ne t'en fais pas, Parker chéri. Je fais au plus vite. Je serai à la maison d'ici une petite heure et je m'occuperai de toi.

La douceur contenue dans ses paroles ajouta un peu plus à mon agacement qui ne m'avait pas quitté depuis qu'elle avait refusé mon offre de paix. Mais ce qui me rendit vraiment furieux, c'était qu'elle était visiblement en pleine conversation avec son petit ami.

Mon sang ne fit qu'un tour et j'entrai dans la pièce au moment où elle raccrochait.

Elle sursauta.

— O… Odin ? Qu'est-ce qui se passe ?

— Tu étais au téléphone ?

Elle fronça les sourcils.

— Oui, mais…

— Dois-je te rappeler la politique de la maison ? Pas de coups de fil personnels sur ton lieu de travail, à moins d'une urgence. Je doute que promettre à ton petit ami de t'occuper de lui en rentrant en soit une.

Pendant un moment, elle n'eut pas de réaction, se contentant de me fixer de ses grands yeux bleu lagon (tellement commun, cette couleur), ses lèvres (pas si parfaites que ça) entrouvertes. Puis elle éclata de rire.

Sérieusement ?

Je sentis ma mâchoire se contracter.

— Je ne vois pas ce qu'il y a de drôle, Miss McCall.

— À vrai dire, moi non plus, rétorqua-t-elle durement, après qu'elle eut recouvré son calme.

Le regard furieux qu'elle posa sur moi m'ébranla tant et si bien que je reculai d'un pas.

— Tu sais quoi ? Tout ceci est ridicule. À la limite du pathétique, lâcha-t-elle sans me quitter des yeux.

Deux points écarlates apparurent sur ses joues, ses lèvres pâlirent et se pincèrent en une ligne mince. Je n'avais pas besoin de la connaître depuis des années pour comprendre qu'elle était folle de rage et que j'avais dépassé le seuil de ce qu'elle trouvait acceptable.

Instinctivement, je fis un nouveau pas en arrière.

— Tu as une dent contre moi, Odin, je n'en saisis même pas la raison et à vrai dire, là, tout de suite, je m'en contrefiche. Ce qui m'importe, par contre, c'est que tu inventes n'importe quelle excuse pour t'en prendre à moi. Tu m'accuses de passer des appels personnels sur mon lieu de travail ? Très bien. Oui, j'étais au téléphone. Mais si tu avais lu mon dossier et effectué une longue et impressionnante analyse dans ta tête, tu aurais su que Parker est mon *frère*. J'ajoute que tu as tort sur un autre point, car cet appel était une urgence : Parker est *mineur* et il est *malade*. Maintenant, si tu veux bien m'excuser, je crois que je vais rentrer chez moi de ce pas, si tu n'y vois pas d'inconvénient.

Là-dessus, elle attrapa son manteau et son sac à main puis passa à côté de moi en prenant bien soin de ne pas me frôler. Je la suivis des yeux quelques instants, incapable de penser à autre chose qu'au fait que je venais de me tourner en ridicule.

— Miss McCall ! la hélai-je.

Elle me jeta un regard par-dessus son épaule et je sentis l'air ambiant se refroidir un peu plus.

— Je te demande pardon, dis-je.

Sans un mot, elle se détourna et continua sa route vers les ascenseurs.

Je passai une main dans mes cheveux, atterré. J'avais vraiment merdé, là.

Chapitre 21

Odin

Je mis fin à ma communication avec Charles Bassett et m'enfonçai dans mon siège avec un sourire de satisfaction. D'ici quelque temps, TDS aurait un nouveau client à son actif. De plus, le contrat était juteux.

J'étendis mes jambes sous le bureau pour les dégourdir un peu, puis je décidai de me lever et faire quelques pas. La journée avait été longue, mais il restait encore quelques heures avant que je rentre chez moi. Depuis que j'étais à la tête de l'entreprise de mon père, je ne comptais pas mes heures et j'avais boudé depuis un moment la salle de sport que j'avais installée dans mon sous-sol. Mes muscles s'en ressentaient durement et il allait falloir que je retrouve mes bonnes habitudes. Lorsque je bossais de chez moi, j'avais tout le loisir d'aller faire de longues marches dehors, mais ici, j'étais bloqué. J'avais pris mes marques dans mes nouvelles fonctions, mais j'allais devoir trouver un moyen d'intégrer mon ancienne routine à la nouvelle, si je ne voulais pas souffrir de douleurs articulaires.

Je revins à mon bureau et attrapai un dossier que j'entrepris de lire. Je fronçai les sourcils en constatant qu'il y manquait des informations. Je fouillai sur ma table de travail et lorsque je ne mis pas la main sur ce que je cherchais, je lâchai un soupir. Qu'est-ce que j'avais bien pu faire de ces papiers ? Soudain, je me souvins d'avoir discuté de ce dossier avec Miss McCall, dans son office. Je les y avais peut-être laissés par mégarde.

Je sortis et traversai le couloir. La porte de son bureau était ouverte. Les choses s'étaient un peu tassées entre nous depuis notre altercation de l'autre fois. En même temps, sur ce coup-là, j'avais fait fort : je l'avais accusé à tort d'outrepasser les règles de la société et j'étais passé pour le roi des cons. Bien entendu, j'avais dû m'excuser platement. Depuis, nous n'étions toujours pas les meilleurs amis du monde, mais au moins, nous nous tolérions.

Je m'approchai et la trouvais le dos tourné à l'entrée, penchée au-dessus de son bureau, tandis qu'elle étudiait avec attention quelque chose sur l'écran de son ordinateur portable, son téléphone coincé entre son épaule et son oreille. Pour une raison que j'ignorais, au lieu de pénétrer dans la pièce, je m'appuyai contre le chambranle et l'observais, l'imaginant mordiller distraitement sa lèvre inférieure en écoutant son interlocuteur.

Ses boucles brunes qui cascadaient d'ordinaire jusqu'au milieu de son dos étaient relevées en une espèce de chignon retenu par un crayon. Aujourd'hui, elle était vêtue d'une chemise blanche et d'une jupe noire – j'avais remarqué ça un peu plus tôt alors qu'elle traversait le couloir. Je ne pus m'empêcher de songer pour la seconde fois au moins qu'elle avait l'air d'une bibliothécaire, si tant est que les bibliothécaires ressemblaient à des top models de petite taille.

Elle se redressa et passa une main dans ses cheveux.

— Oui, monsieur Ingram. Je pense sincèrement que vous avez tout à gagner avec TDS. La sécurité du réseau informatique est un problème que vous ne devriez pas prendre à la légère, même si votre société est jeune, dit-elle d'une voix douce, mais ferme.

Elle marqua une pause et je compris qu'Ingram devait être en train d'ajouter quelque chose. Elle émit un petit rire charmant et je sentis un frisson courir dans mon dos. Je le réprimai aussitôt, secouant la tête.

Dans le mouvement, je dus faire du bruit, car Miss McCall se retourna immédiatement. Ses yeux s'écarquillèrent légèrement de surprise, mais elle continua sa conversation sur le même ton.

— Je vous transmets par mail les différentes solutions que nous proposons. C'est ça, je vous attends mardi, dans huit jours. Je vous programme également une entrevue avec le PDG.

Elle raccrocha après avoir salué l'homme.

Encore une fois, elle avait mis un prospect dans sa poche. En réalité, elle arrivait à convaincre qui elle souhaitait. Elle était douée, parlait bien, appuyait sur les bons leviers. Pour l'avoir vu agir avec certains de mes employés, j'avais appris que Prudence McCall n'avait même pas besoin d'ouvrir sa bouche pour mettre quelqu'un à ses pieds. Elle avait ce je ne sais quoi d'autorité paisible qui amenait les gens à faire tout ce qu'elle voulait. Un coup d'œil suffisait. La plupart du temps, ses regards étaient chaleureux, mais j'avais découvert à mes dépens qu'ils pouvaient se révéler plus froids que la banquise.

En fait, il y avait à peine quelques heures, j'avais été justement le récipiendaire d'un de ses regards dignes de la période glaciaire, un de ceux qui promettaient que je risquais de bouffer mes propres couilles à la petite cuillère. Est-ce que j'avais mérité ça ? Autant dire la vérité, c'était un oui retentissant. En même temps, l'envoyer deux fois à la photocopieuse pour imprimer des papiers sans importance, dont une invitation à une soirée chez moi, avait été un peu vache de ma part.

Dans la plupart des cas, je me considérais comme un type bien. J'ouvrais les portes pour les femmes, faisais traverser les vieilles dames, donnais à des organisations caritatives et payais mes impôts. Mais quand il s'agissait de Miss McCall, je n'étais pas capable d'être gentil. Il fallait qu'on soit dans la même pièce pour dire au revoir à mon bon sens et me transformer en troll. Cette fille réveillait en moi mes plus bas instincts.

Quoi qu'il en soit, j'entrai dans le bureau et me postai devant elle, tandis qu'elle me regardait faire, la lueur tapie dans ses prunelles bleues n'ayant rien de chaleureux. Je la fixai, un demi-sourire aux lèvres. Mon mode sale gosse était activé.

— Tu étais en train de bosser ? la questionnai-je, rompant le silence.

Elle s'appuya contre sa table de travail, fronça les sourcils et posa un poing sur sa hanche droite.

— Tu es arrivé à cette conclusion tout seul ou le fait d'entendre ma conversation téléphonique avec un prospect t'a mis sur la voie ?

— J'ai dû faire une *longue et impressionnante analyse dans ma tête*, mais je crois bien que j'ai réussi à deviner, ripostai-je du tac au tac, reprenant les mots qu'elle m'avait sortis quelques semaines plus tôt.

Elle me fixa sans rien dire, son attitude inchangée. Si cela continuait ainsi, un froid polaire allait s'abattre pile sur la pièce et j'allais finir en bâtonnet de poisson pané sur la banquise.

Je lui offris un sourire crispé.

— Je voulais te voir.

Elle inclina légèrement la tête, dans le mouvement son chignon se défit et ses cheveux cascadèrent sur ses épaules. Elle pesta entre ses dents et récupéra le crayon qui était toujours fiché dans ses boucles.

— J'imagine que tu n'es pas devant mon bureau par hasard, répliqua-t-elle sèchement.

— Bien joué, Captain Évidence !

Elle croisa les bras sur sa poitrine et pinça les lèvres. Il était clair que ma présence l'importunait et qu'elle nourrissait sans nul doute le projet secret de m'éviscérer, pourtant, je ne bougeais pas. Je trouvais la situation géniale. D'ailleurs, une part de moi pensait même que Miss McCall était sexy en diable lorsqu'elle était en colère.

Avoir ce genre d'idées me surprit autant que cela m'agaça.

Avant qu'elle ne puisse dire quoi que ce soit de plus, je levai le dossier que j'avais dans la main et ajoutai :

— Je crois avoir oublié quelque chose ici, tout à l'heure.

Elle laissa échapper un petit bruit que je ne pus identifier autrement que comme un reniflement de dédain.

— Il était temps que tu t'en aperçoives…

Elle fit le tour de son bureau, ouvrit un tiroir et en sortit une liasse de papiers qu'elle me tendit.

— Je savais que tu les avais mis de côté. J'étais sûr que je pouvais compter sur toi, Miss McCall.

Je me raidis aussitôt. À vrai dire, je n'avais pas vraiment prévu de lui dire un truc pareil. Elle et moi, on ne faisait pas dans les gentillesses. À croire qu'on ne pouvait pas faire autrement qu'être à couteaux tirés. C'était notre mode de fonctionnement.

Je croisai ses prunelles vertes. Visiblement, elle avait l'air aussi stupéfaite que moi.

— Un mot agréable, patron ? Tu es malade ?

Je lui lançai un regard froid. Qu'est-ce qui m'était passé par la tête de me laisser aller comme ça ? Je la détestais, et c'était réciproque.

— Je suis tout à fait capable de reconnaître les qualités des gens lorsque je les vois. Mais ne prends pas tes aises : moi en train de te complimenter, ça ne se reproduira pas de sitôt.

Son visage se ferma immédiatement.

— C'est bon à savoir, marmonna-t-elle.

Le silence retomba entre nous.

— Bien. Puisque j'ai ce que j'étais venu chercher, je vais...

Elle balaya l'air de la main d'un geste agacé.

— Fais donc ça.

Quelque chose dans sa voix m'interpella. Je la fixai une seconde et c'est là que je la vis. La déception. Elle n'était pas parvenue à la cacher. Je compris immédiatement que je l'avais blessée.

Étrangement, ça me retourna l'estomac.

Chapitre 22

Prudence

Mais qu'est-ce qui m'avait pris de dire oui, hein ? En même temps, ce n'était pas vraiment comme si j'avais eu le choix.

Je tournai à gauche et roulai au pas, scrutant les numéros des maisons.

551… 553… 555…

557 Lane Drive. Voilà, c'était là.

Je garai ma voiture le long du trottoir, en sortis et trottinais jusqu'à une magnifique demeure de style victorien. Je toquai à la porte et attendis. Mais aucune réponse ne me parvint, même lorsque je sonnais plusieurs fois.

Je soupirai et levai les yeux au ciel, passablement agacée.

Si – au moment où je m'apprêtai à rentrer chez moi – le conseil d'administration n'avait pas appelé et insisté pour que je me rende chez Odin pour lui transmettre un document « ultra urgent », je serais arrivée depuis longtemps et profiterais d'ores et déjà d'une soirée tranquille avec mon frère et ma sœur. En plus, j'avais les crocs.

Je frappai une nouvelle fois, puis décidai de faire le tour de la maison. Peut-être trouverais-je une porte ou une fenêtre ouverte ?

Je secouai la tête.

Mais à quoi en étais-je réduite ? Ce mec me traitait comme une moins que rien et pourtant, j'étais devant sa baraque, prête à lui livrer une liasse de papiers importants – d'accord, à la demande expresse du conseil d'administration auquel je ne pouvais rien refuser. Mais bon, j'avais l'impression de faire le tour du propriétaire en vue de m'introduire illégalement chez quelqu'un. Mon boss, en l'occurrence. Celui qui ne pouvait pas supporter de poser les yeux sur moi plus de trois secondes.

Par chance, la porte de la cuisine était ouverte. Il me suffisait d'entrer une minute tout au plus, le temps de laisser le pli urgent sur l'îlot central, puis de repartir comme j'étais venue. Rien de bien difficile, en somme.

J'ouvris et fis un pas à l'intérieur. Si j'avais espéré, juste une seconde avant, faire un bref aller-retour entre ces murs, mes bonnes résolutions se firent brusquement la malle.

La cuisine était… Seigneur, cette cuisine était à tomber à la renverse. J'en aurais voulu une pareille à la maison. La décoration des lieux était tout simplement époustouflante. Pas dans le clinquant, c'était tout le contraire. Tout était en verre et en bois clair – et pas du stratifié. Je passai les doigts sur la surface du plan de travail, appréciant la sensation de la texture. Un peu plus loin, sur le meuble accueillant la plaque de cuisson, étaient posés des pots de plantes aromatiques que je reconnus comme étant du basilic, du thym et de l'origan. Quelqu'un cuisinait, dans cette maison. Je me pris à me demander s'il s'agissait de Satan ou de, je ne sais pas, sa petite amie.

Sans vraiment m'en rendre compte, je fis quelques pas hors de la cuisine et me retrouvai très vite dans le salon. La pièce était immense, peinte dans des tons clairs et harmonieux, ici du blanc, là du bleu sarcelle. Les meubles et tentures étaient assortis et donnaient une impression de confort paisible. Assurément, il devait y avoir une femme là-dessous.

Dans un coin, près d'une bibliothèque, je remarquai une cage, dans laquelle se trouvait un oiseau rouge et noir. Intriguée, je m'avançais. Un perroquet me renvoya mon regard et je souris.

— Hé... T'es super mignon, toi... murmuré-je.

Le volatile fit un drôle de truc avec sa tête, puis la pencha et émit un sifflement aigu. Je fronçai les sourcils.

— Tu as raison, tu ne me connais pas et je ne devrais pas être ici. Ne dis rien à ton propriétaire, d'accord ?

Je m'éloignai d'un pas. L'oiseau, sauta au bas de son perchoir, se déplaça d'une démarche un peu guindée jusqu'à la porte de sa cage qu'il ouvrit à l'aide de son bec. Là, il déploya ses ailes et après avoir fait une traversée de la pièce, fondit sur moi. Je tournai immédiatement les talons dans l'intention de battre en retraite.

— Rrroule-moi la pelle de ma viiiie !

Je m'arrêtai et fis demi-tour.

— Pardon ?

Est-ce que j'étais réellement en train d'avoir une conversation avec un piaf ?

— T'as un beauuu cul !

Ce perroquet était l'être le plus malpoli que j'aie rencontré.

— Est-ce que ton maître sait que tu parles comme ça, espèce d'horrible poulet ? dis-je en mettant les poings sur mes hanches.

— Qu'est-ce que tu fous ici ? hurla Odin Tanaka de l'autre côté de la pièce, de manière très, très désagréable.

Je tournai brusquement la tête dans sa direction.

Odin se tenait au milieu de son salon, enveloppé dans une serviette. Accrochée très bas. Des gouttelettes d'eau perlaient sur son torse. Ses muscles étaient tendus à l'extrême, comme s'il était sur le point de bondir sur sa proie – moi, en l'occurrence. Et... Oh mon Dieu ! Il était tatoué ! Son bras droit était orné d'une manchette aux motifs tribaux absolument magnifiques. J'aurais bien voulu savoir ce qu'ils représentaient, mais j'étais trop loin. C'était vraiment dommage. Les mecs tatoués étaient ma faiblesse. Seigneur ! Pourquoi fallait-il qu'il en soit un ?

J'eus un mal fou à avaler ma salive tant ma bouche était sèche et je réalisai, quelques secondes trop tard, que je fixais ostensiblement sa moitié inférieure ; ainsi que la fine ligne de poils sombres qui partaient de son nombril vers les parties dissimulées sous sa serviette. Elle était si serrée autour de ses hanches, que je remarquai un renflement dans un endroit où je n'étais pas censée poser les yeux. C'était dingue ce que je pouvais observer comme détails – que je n'étais pas supposée regarder. Sur l'échelle du waouh... on était à un bon onze. Sur dix. Juste ce qu'il faut.

Nom d'une papaye ! Qu'est-ce qui me prenait de songer à son pénis ?

OK, ça faisait longtemps que je n'avais pas été face à l'un de ces trucs en direct live, mais quand on en avait vu une, on les avait toutes vues, non ?

Ça devenait ridicule. Ce n'était qu'une bite. Bien que certaines apportaient leur lot de plaisir, si bien utilisées.

Stooop !

N'empêche qu'une quéquette en silicone – du genre du jouet qui m'attendait dans le tiroir de ma table de nuit – faisait la même chose et n'était pas rattachée à une personne qui décidait de mon sort sur le plan financier. C'était nettement plus pratique.

Pense à autre chose !

Je m'exhortai à faire prendre un tout autre tour à mes réflexions, seulement mon traître de cerveau refusa de m'écouter et continua ses élucubrations sans que je puisse l'arrêter.

Est-ce que j'étais vraiment en train de débattre intérieurement des performances d'un godemiché versus la queue de mon patron – qui, soit dit en passant, était debout dans son salon, à moitié nu, et semblait vouloir me tuer d'un regard ?

Ouais.

Est-ce que je matais encore la zone située juste en dessous de son bassin ?

Définitivement.

Le visage en feu, je relevai lentement les yeux et les plongeai dans les siens.

— Oh… Tu es chez toi…

Alors, là, bien joué, cocotte.

— Bien vu, Captain Évidence, dit-il sèchement. Mais il me semble t'avoir posé une question. Qu'est-ce que tu fais chez moi ?

J'ouvris la bouche et la refermai aussitôt, incapable du moindre son. Je n'avais qu'une idée en tête : est-ce que je risquais de perdre mon boulot ? C'est vrai, quoi : je m'étais introduite chez lui sans y avoir été invitée, j'étais pile dans un cas de violation du domicile et... merde, je n'avais jamais eu de problème avec la justice. Casier vierge et tout ça. Mais pourquoi n'avais-je pas attendu demain matin pour lui donner ces fichus papiers ?

— Tu n'as rien à dire pour ta défense ? me questionna durement mon patron.

Aucun son ne sortit de ma bouche. Je restai là, les bras ballants, et j'étais certaine que je lui renvoyais un regard bovin. Une chose était sûre : j'avais été hypnotisée par le corps de rêve d'Odin Tanaka. Une telle perfection était un crime, c'était à moi de porter plainte.

Une fois que je parvins à utiliser ma voix, je finis par lâcher l'explication qu'il attendait.

— Le conseil d'administration m'a chargé de te donner des papiers.

J'appuyai mes propos en levant la main qui serrait toujours l'enveloppe grand format contenant le truc ultra important.

Ses yeux s'étrécirent.

— Tu n'es pas censée être ici. La porte était fermée.

— Je suis vraiment désolée. Je... je suis entrée par la cuisine. Le conseil d'administration m'a dit que...

Sérieusement, est-ce que tout ça était réellement en train de se passer ?

Il leva les sourcils et ouvrit la bouche. C'était fini pour moi, il allait me virer. Finalement, il allait obtenir ce qu'il cherchait depuis le premier jour où nous nous étions rencontrés. Et bien entendu, c'était par ma faute. J'avais moi-même précipité ma chute.

— Le consei d'administration peut bien te demander de sauter à cloche-pied, je m'en fiche complètement. Tu n'as rien à faire ici. C'est mon espace privé. Et il n'est réservé qu'aux personnes de confiance, assena-t-il froidement.

Je sentis mon pouls palpiter dans mes tempes, et quelque chose de sombre monter en moi. J'avais beau faire, je ne pouvais rien contre le raz-de-marée sur le point de déferler. Comment tant de merde pouvait tomber sur la même personne en si peu de temps, hein ? J'aurais voulu qu'on me l'explique.

Je fixai mon patron en me mordant l'intérieur de la joue.

Pour le coup, il n'avait pas été très sympa.

Putain. Non. Pourquoi je prenais des gants avec lui ? Il était... Il était...

Mais quel con !

J'emmerdais cet homme (totalement sexy) qui se tenait (à moitié nu) devant moi. Au diable le fait qu'il soit mon chef et que je ne figurais pas sur la liste de ses personnes de confiance. Je n'en avais strictement rien à cirer.

Une vague de chaleur monta et explosa en moi. Je plissai les yeux, saisie d' une colère sans nom.

Mode rage activé.

— Tu sais quoi ? J'ai autre chose à faire que de t'écouter. Il y a d'autres choses plus importantes que tes fichues règles. On s'en fout que tu ne veux pas de moi ici. Je devais te donner ces documents, point. En même temps, si tu n'avais pas décidé de te barrer plus tôt pour je ne sais quelle raison, tu aurais répondu au conseil d'administration et ils n'auraient pas eu à me demander de prendre sur mon temps libre pour t'apporter un maudit tas de papiers. De plus, je n'ai jamais laissé personne me parler comme tu le fais. Tu entends ? Personne ! Mais toi… toi…

Je poussai un grognement de frustration et levai les bras en l'air. Qui croyait-il qu'il était ? Pensait-il qu'en me traitant comme il le faisait depuis des semaines, j'allais le respecter ?

Il me fixait, une allure rien de moins qu'abasourdie scotchée sur son visage. Grand bien lui fasse, car moi, j'étais remontée comme jamais. J'en avais gros sur le cœur et j'étais bien décidée à vider mon sac une bonne fois pour toutes. Incapable de m'arrêter, je continuai sur ma lancée.

— Et j'en ai ma claque de bosser pour un connard arrogant !

Il recula et sa stupéfaction muette se transforma rapidement en choc.

— Excuse-moi ?

Et voilà ! J'avais fini par dépasser la ligne rouge. Pendant une seconde, j'envisageais de lui faire croire que j'avais dit « j'ai envie de bosser près d'un volcan », mais finalement, je décidai que ça n'en valait pas la peine.

— Tu m'as parfaitement entendue. Tu es un connard arrogant, doublé d'un trou du cul, tellement persuadé qu'il détient la vérité en toute chose qu'il en est imbuvable. Quoique sur ce point précis, il semblerait que tu ne réserves ce traitement de faveur qu'à moi. Je suis employée chez TDS depuis trois ans, ton père m'a donné ma chance de prouver de quoi j'étais capable et je compte bien continuer à honorer ça. La dernière chose dont j'ai besoin, c'est que tu me considères comme de la merde. J'adore mon travail, je m'implique du mieux que je le peux, mais toi, tu vas finir par réussir à me le faire détester !

Je le fusillai du regard et lâchai un long soupir de lassitude.

— Tu as terminé ? me demanda Odin d'une voix tendue.

Je réfléchis un instant et, blasée, je haussai les épaules et marmonnai :

— Oui. Je crois que je n'ai rien à ajouter. En même temps, c'est vraiment dur de rager correctement quand tu es là, debout devant moi, avec une serviette pour seule fringue.

Je voulus aussitôt me gifler pour avoir dit ça. Mais au moins, en guise de consolation, j'avais réussi à le fixer droit dans les yeux.

OK, peut-être que mon regard avait dévié de son visage quelques fois, mais ça prouvait ma grande retenue, parce que ça aurait pu être bien pire.

Il cligna des yeux, et les coins de sa bouche frémirent.

Il était amusé.

Moi, je l'amusais.

D'un pas rageur, je franchis la distance qui nous séparait et lui plaquai sans ménagement l'enveloppe sur le torse. Puis je tournai les talons et partis sans autre forme de cérémonie.

Dans mon dos, je l'entendis rire à gorge déployée.

Crétin !

Juste au moment où je passais la porte, il me héla :

— À demain, Prudence. Et n'oublie pas mon café !

Il pouvait toujours courir.

Chapitre 23

Prudence

Quand j'arrivai à la maison, j'envoyai un texto à mes deux meilleures amies. Clairement, l'altercation avec Odin avait été la goutte qui avait fait déborder le vase, j'en avais gros sur la patate et j'avais besoin de me distraire. Alors oui, le SMS à Sophia et Sam avait tout du S.O.S. Ce qu'il y avait de bien, avec les copines – du moins, les miennes – c'est qu'elles débarquaient au moindre signe de déprime, quelle que soit l'heure du jour ou de la nuit.

J'étais dans la cuisine lorsqu'elles frappèrent à la porte. Je courus immédiatement leur ouvrir. Avant même d'entrer, elles posèrent sur moi un regard plein de commisération. Il faut dire que j'étais vêtue d'un pantalon de yoga et mon vieux t-shirt *Coldplay* qui m'accompagnait depuis la fac et que je ressortais comme une espèce de doudou à chaque fois que quelque chose n'allait pas. Je l'avais porté si souvent qu'il en était rapiécé et que le nom du groupe était à peine reconnaissable. Pour parfaire ce tableau pathétique, je n'avais même pas pris le soin de me sécher les cheveux après ma douche et mes tifs s'en donnaient à cœur joie, partant dans tous les sens et frisottant comme s'ils avaient décidé de faire la fête de leur propre chef – et surtout sans moi. De toute façon, ces insolents n'en faisaient qu'à leur tête si je ne les disciplinais pas. Vous voyez un nid de cigogne ? Oui ? Alors vous comprenez mon problème.

— Hooo, ma puce, tu as sorti ton t-shirt tout pourri… Allez, tu vas nous raconter…, dit Sam sur un ton désolé.

J'avançai une lippe boudeuse et mes copines entrèrent, fermèrent la porte puis me prirent dans leurs bras.

Après un câlin collectif, nous nous séparâmes et je les conduisis au salon. Ma sœur, qui les attendait de pied ferme depuis mon retour, se leva du canapé et poussa un long soupir de soulagement.

— Enfin ! La cavalerie est arrivée ! Les filles, heureusement que vous existez !

Sophia sortit une bouteille de son sac et la hissa en l'air.

— J'ai pris des munitions ! Vite, amène les verres à shots !

Sam gloussa et brandit, elle aussi, une bouteille d'alcool.

— Je crois qu'on va dormir ici… Double ration de vodka caramel !

Je levai les yeux au ciel.

— Sérieusement, vous êtes folles ! On n'avait pas besoin de tout ça !

— Tu plaisantes, j'espère ! s'écria ma sœur. Tu as vu l'état dans lequel tu étais en rentrant ? Aux grands maux, les grands remèdes !

Nous nous installâmes en riant autour de la table, tandis que Piper sortait les verres du buffet puis les disposait devant nous. Elle s'assit à son tour et Sophia s'occupa de nous servir une première tournée.

Je vidai mon gobelet cul sec. Aussitôt, la chaleur de l'alcool se répandit dans mon corps et me revigora un peu. Je m'offris une deuxième fois et réservai le même sort à mon shooter.

— Ah ouais, quand même ! s'exclama Sam.

— Elle en a vraiment gros sur la patate, ajouta Soph.

— Est-ce que vous connaissez un tueur à gages ? demanda une Piper terriblement sérieuse.

Tous les yeux se tournèrent vers elle et elle nous fixa avec l'air de dire « Ben quoi ? ».

— Quiconque emmerde ma frangine mérite de mourir !

Je gloussai.

— Quand même pas, ma puce !

Ma sœur me lança un regard noir.

— Ça fait des semaines que je te vois revenir à la maison avec une tête à faire peur. Ton patron est une belle enflure !

Les filles opinèrent du chef dans un parfait ensemble et le silence retomba quelques instants avant que l'une d'elles ne se décide à prendre la parole.

— Il s'est passé quoi, exactement ?

Comme Sam n'était pas au courant des derniers événements, je les lui racontai en vitesse pour qu'elle puisse être à jour, puis j'entrepris de relater mes mésaventures de ce soir. Lorsque j'arrivais au moment où Odin m'avait hurlé dessus, Sophia attrapa mon bras, sidérée. Elle ouvrit la bouche pour me poser une question, mais ma sœur la devança :

— Attends. T'étais où ?

— Tu as bien compris : je suis passée chez Odin pour lui apporter des papiers.

— Et tu y es entrée sans y avoir été invitée ?

Un claquement de langue impatient se fit entendre.

— Le plus intéressant dans toute cette histoire, c'est la partie où tu nous dis que le mec est planté devant toi, à poil, intervint Sam.

Sophia secoua la tête, visiblement en désaccord avec notre amie.

— Non, l'important c'est que le mec à poil en question se trouve être notre boss. Le reste, on s'en fout.

Ma sœur remplit de nouveau les verres et nous les descendîmes dans l'instant.

— Ça a dû te faire quelque chose, n'empêche, ajouta Sam. C'est quand même le gars qui signe tes chèques !

J'étouffai un rire. Il n'y avait que ces trois-là pour voir les choses sous cet angle. Cela me faisait un peu oublier à quel point je me sentais merdique.

Je voulus reprendre mon histoire, mais Sophia m'en empêcha.

— J'ai besoin de tous les détails, ma fille. Il était nu, nu ?

Je levai les yeux au ciel, atterrée. Elle n'avait retenu que ça.

— Comme je l'ai dit, il ne portait qu'une serviette autour de ses hanches.

Soph s'*éventa avec sa main et* battit exagérément des cils.

Cette fille était une véritable *drama queen*.

— Alors, il est comment ? se renseigna Sam.

— Canon. Et il est tatoué.

Soph retint son souffle une seconde, l'air un peu choquée.

— On parle du même type ? Celui qui semble avoir un balai dans le cul toute la sainte journée ?

Je hochai la tête.

— Et moi qui croyais qu'il le gardait vingt-quatre heures sur vingt-quatre…, murmura-t-elle.

— Sérieusement, Soph ? s'insurgea Piper. Tu penses que les mecs tatoués ne peuvent pas être coincés ? Ou que les coincés ne peuvent pas se faire tatouer ? Mais dans quel monde tu vis ?

— Dans celui où le patron de ta sœur – et le mien, en l'occurrence – ne serait pas un enfoiré.

— Amen ! lança Sam.

Je décidai de continuer mon histoire.

— Je l'ai plus ou moins surpris alors qu'il sortait tout juste de la douche.

Sam me fixa et haussa les sourcils de manière suggestive.

— Hu-huuuu…. L'intrigue s'épaissit !

— Chut ! Arrête de l'interrompre, s'indigna ma sœur qui semblait désormais suspendue à mes lèvres.

Dès qu'il était question d'un gars à poil, elles vrillaient toutes les trois complètement. Je pris une profonde inspiration et poursuivis :

— Donc, il me gueule dessus et…

— La serviette, elle était grande comment ? intervint Soph.

— Euh… Je sais pas… Comme une serviette, quoi ?

Sam entreprit de me montrer différentes mesures à l'aide de ses mains.

— Grande comme un drap de plage, de bain ou une serviette d'invités ?

Je levai les yeux au ciel. Est-ce qu'on était vraiment en train de polémiquer sur la grandeur du linge de maison d'Odin Tanaka ?

— Et tu as aperçu quelque chose ? reprit ma sœur, qui visiblement n'en avait rien à faire de la taille de la serviette éponge.

Elle, ce qu'elle voulait, c'était savoir si j'avais eu la vue sur le service trois-pièces de Satan. Le reste lui passait très loin au-dessus de la tête. Et honnêtement, je la comprenais.

Je me remémorai la scène et me sentis brusquement devenir écarlate. Inutile de dire que je baissai les yeux et évitais de croiser ceux de mes filles. Oh, ouais j'avais aperçu des choses…

— Oh mon Dieu ! Regardez-la, elle est toute rouge ! s'écria Sam, presque hystérique. Tu as vu son kiki ?

Nous explosâmes de rire. En fait, les quelques verres à shot ingurgités nous étaient déjà montés au cerveau et il y avait fort à parier que si cela continuait comme ça, je n'allais pas pouvoir terminer mon histoire. Mais après tout, était-ce si important ? L'essentiel était que je sois avec ma sœur et mes amies et que nous passions un bon moment.

— Donc, tu as vu quelque chose ?

— C'est ce que j'ai dit, affirmai-je en relevant la tête, tandis que je repensai à la bosse qui avait déformé l'avant de la serviette.

— Et, à vue de nez, combien ces... choses... mesuraient ? insista Sam.

— Comment tu veux qu'elle le sache ? C'est pas comme si elle avait collé son nez sur son entrejambe !

Piper grogna légèrement.

— Oh seigneur ! Les filles... Est-ce que je suis la seule à me demander si cette histoire est aussi malsaine qu'elle en a l'air ?

Une délicieuse chaleur se mit à palpiter entre mes cuisses rien qu'en songeant au torse large et musclé d'Odin, aux gouttelettes d'eau qui y étaient restées accrochées... Son bras où étaient dessinés des motifs complexes. Je sais que j'aurais dû penser à autre chose, mais ce souvenir me laissait rêveuse.

— Prudence ? La Terre à Prudence ! m'appela Soph.

Je sortis de ma torpeur et repris mon récit sous les regards ébahis des filles. Cette fois, j'arrivais au bout sans qu'elles m'aient interrompue.

— Tu l'as traité de connard arrogant ?

— Ouaip.

— Meuf, t'as une sacrée paire d'ovaires ! s'émerveilla Sam.

— Pour le coup, t'as des ovaires de compèt'. T'es tellement badass, ma puce ! renchérit Sophia.

— Excuse-moi de te faire remarquer ça, mais tu as mis ton job sur un siège éjectable, commenta Piper, visiblement prise d'inquiétude à l'idée que je perde mon emploi.

Je haussai les épaules.

— Je ne crois pas. S'il avait souhaité me virer, il ne m'aurait pas dit « à demain ».

Près de moi, Sophia acquiesça.

—Je suis d'accord avec Pru. Ce mec est tellement con que s'il avait voulu la renvoyer, il l'aurait fait dans la seconde. Mais ce n'est pas parce que Prudence l'a vu dans le plus simple appareil ou presque, que ça signifie qu'il va arrêter de lui pourrir la vie.

Nous fîmes toutes trois oui de la tête. Sophia avait entièrement raison. Satan n'allait pas me lâcher aussi facilement. D'accord, j'étais en train de boire un coup et de tenter de relativiser les événements qui s'étaient déroulés un peu plus tôt, mais je savais parfaitement au fond de moi que demain allait être une nouvelle épreuve. De plus, j'avais trouvé le moyen d'insulter mon patron en face de lui. Je commençai à le connaître et il y avait de fortes chances pour qu'il ne laisse pas passer ça.

Et je le redoutais déjà.

Chapitre 24

Odin

Mon café n'arriva pas ce matin-là ni les suivants.

Bien que Prudence et moi bossions ensemble en étroite collaboration tous les jours, cette semaine, elle s'arrangea pour que nous ne soyons en présence que le strict minimum ; ce qui était un exploit, compte tenu de la charge de travail gargantuesque que nous avions. Nous venions de signer avec de nouveaux clients pour leur sécurité réseau et développions en parallèle un produit inédit pour le grand public. Ajoutées à cela les diverses campagnes de communication, les interviews pour la presse spécialisée et nos journées n'étaient pas assez longues.

Nos relations étaient froides, mais professionnelles, du moins c'était comme ça que je tentais de les garder. Le problème, c'était que depuis l'autre soir, j'avais du mal à avoir les idées claires.

Quelque chose avait changé dans ma façon de la percevoir et il y avait fort à parier que c'était dû à ce qu'elle m'avait dit. Ou plutôt balancé en pleine figure. Jamais on ne m'avait parlé comme ça. Déjà, parce que je ne nouais pas assez de relations avec les gens pour qu'ils aient le loisir de le faire. Mais surtout, malgré le fait que je me comportais avec elle comme le dernier des salauds, je trouvais que cette nana avait des couilles. Ça me laissait admiratif. Le pire, c'était qu'elle avait eu tout à fait raison : non seulement il n'y avait qu'avec elle que je me conduisais comme un con arrogant, mais je commençais également à regretter mes agissements.

Je n'avais rien contre elle, rien à lui reprocher – si ce n'était qu'elle avait été une sorte d'enfant chérie d'Aaron et que tout le monde au sein de TDS semblait grandement l'apprécier. Et oui, ça m'avait pas mal déplu. J'en avais ressenti une pointe de jalousie. Et j'avais agi comme un gosse vexé, alors qu'elle avait essayé par tous les moyens d'être agréable avec moi. Il fallait que ça change.

J'appuyai sur le bouton de l'intercom et convoquai Sophia De Leon. Celle-ci ne tarda pas à frapper à la porte de mon bureau. Je la fis entrer et l'invitai à s'asseoir dans le fauteuil situé face à moi.

— Un problème, Monsieur Tanaka ? me demanda-t-elle d'une voix posée.

— J'aimerais que nous parlions de Miss McCall, si vous le voulez bien.

— Ah ? Et pourquoi donc ? Quelque chose ne va pas ?

Je levai un sourcil ironique. Si j'avais bien compris les interactions au sein de cette boîte durant ces quelques semaines d'observation, Sophia était une amie proche de Prudence, ce qui signifiait qu'elle avait *certainement* une petite idée de ce qui se passait.

— Donc...vous l'ignorez ?

Je m'attendais à ce qu'elle détourne la tête, mais elle n'en fit rien. Au contraire, elle s'installa plus confortablement dans son siège et riva sur moi un regard froid.

— Vous permettez que je me montre honnête avec vous ?

Je lui fis un signe du menton, lui enjoignant silencieusement de poursuivre.

— Vous êtes un sale type.

J'écarquillai les yeux, abasourdi par l'audace de la cheffe de bureau. Je toussotai pour m'éclaircir la gorge et passai un doigt dans le col de ma chemise.

— Il paraît, en effet.

Elle ouvrit la bouche, visiblement sur le point de déclarer quelque chose, puis la referma.

J'insistai :

— Vous voulez ajouter quelque chose, n'est-ce pas ?

Elle m'adressa un sourire en coin, pour autant, il n'avait rien de chaleureux.

— Je crois que j'ai épuisé le stock d'insultes à mon patron auxquelles j'avais droit. En dire plus mettrait mon poste sur un siège éjectable. Donc, non, ça suffira.

Je me laissai aller dans le fond de mon fauteuil de bureau et observai la grande blonde avec intérêt pendant un long moment. Loin de sembler décontenancée, elle continua à me fixer.

Décidément, les femmes travaillant dans cette société étaient quelque chose.

— Je voudrais inverser la vapeur, sortis-je au bout de quelques secondes.

Elle leva un sourcil parfaitement épilé et me jaugea avec méfiance.

— C'est une ruse ? Vous vous servez de moi pour atteindre Prudence ?

Sa remarque me fit un effet fort désagréable. J'étais peut-être un con prétentieux, mais je n'étais pas méchant à ce point. Découvrir que les gens qui travaillaient pour moi imaginaient que je l'étais me chagrina un peu.

Je croisai les bras sur mon torse.

— Non, je ne cherche à blesser personne. J'ai pris conscience que j'avais… dépassé les bornes avec Miss McCall et j'aimerais faire amende honorable. Je crois sincèrement qu'elle et moi perdons beaucoup dans cette ambiance délétère.

Sophia De Leon inclina la tête et plissa les yeux.

— Et vous vous êtes réveillé ce matin en pensant à ça ?

Je ricanai. Cette fille faisait assurément preuve d'un grand courage lorsqu'il s'agissait de protéger son amie. Elle me plaisait bien.

— Disons que j'ai eu quelques jours pour y réfléchir. Vous voulez bien m'aider ?

Elle me scruta, les sourcils froncés, semblant peser le pour et le contre de ma demande.

— Vous me promettez que ce n'est pas encore un de vos tours sadiques ?

J'ôtai mes lunettes et me pinçai l'arête du nez en soupirant.

— Je suis tout ce qu'il y a de plus sérieux, Miss De Leon. Je pense sincèrement qu'il faut que j'améliore mes relations avec Miss McCall...

— Votre bras droit, m'interrompit-elle.

Je hochai la tête.

— C'est ça, mon bras droit.

Son regard sur moi se fit plus amène et je sentis que j'avais gagné.

La cheffe de bureau soupira.

— Commencez par lui dire qu'elle fait du bon travail. Même si elle le sait, ça ne vous coûterait rien de lui faire la remarque vous-même, vous ne trouvez pas ?

— Très bien, je ferai ça.

Elle leva les yeux au ciel et marmonna :

— J'arrive pas à croire que je joue les médiateurs...

— Et je vous en remercie, ajoutai-je dans un sourire.

Elle me fusilla du regard.

— N'essayez pas de me charmer avec vos satanées fossettes. Vous avez été odieux avec elle.

Cette fois, je me mis à rire.

— Vous êtes toujours aussi directe ?

— Systématiquement, Monsieur. Mais n'est-ce pas ce qu'on escompte d'une cheffe de bureau ?

— Eh bien, je n'avais pas envisagé les choses sous cet angle, mais apparemment, dans cette entreprise, les us et coutumes ne sont pas ceux qu'on a l'habitude de voir ailleurs. Alors, j'imagine que oui, c'est ce que je dois attendre de la cheffe de bureau de TDS.

Le coin de ses lèvres s'incurva et une lueur étrange traversa ses yeux.

— On est une grande famille, ici. C'est ainsi que votre père a souhaité diriger sa firme et c'est certainement l'une des raisons qui l'ont propulsée au sommet. Il serait dommageable que vous commenciez à procéder autrement.

Je me figeai devant son avertissement. J'avais hérité de cette société et j'espérais être le digne successeur de mon père en faisant en sorte que Tanaka Data Security conserve la pole position sur le marché de la sécurité informatique. Je voulais rendre Aaron fier de moi, quand bien même il n'était plus de ce monde.

— Bien, je garde votre conseil en tête, lui affirmai-je fermement.

— Puisque c'est entendu, parlons maintenant de Pru.

Le reste de la matinée me permit de réfléchir à ce que m'avait dit Sophia.

Au moment de la pause lunch, je conclus qu'il était temps de passer à l'action, en commençant par inviter Miss McCall pour un déjeuner de réconciliation, mais lorsque je sortis de mon bureau, elle était déjà partie. Je soupirai et décidai de commander des sushis. Manger seul allait me permettre de finaliser mon plan d'attaque.

Et oui, parfois, il fallait livrer des batailles pour obtenir la paix.

Chapitre 25
Prudence

— Viens dans mon bureau, m'ordonna Odin d'une voix forte depuis son office.

— Oui, monsieur. Quelque chose ne va pas ?

Je passai la porte et m'appuyai contre elle.

Il fronça les sourcils dans une attitude sévère tandis qu'il trifouillait un tas de papiers sur sa table de travail puis relava un regard froid sur moi.

— Ces derniers temps, j'ai constaté que tes performances ne sont pas à la hauteur de la qualité demandée chez Tanaka Data Security. Je ne suis loin d'être satisfait.

La sueur coula le long de ma colonne vertébrale, et j'eus brusquement besoin d'air. La pièce sembla se refermer sur moi et se mit à tourner.

J'avançai pourtant d'un pas vers le bureau où Odin était assis.

— Mais j'ai fait tout ce que tu m'as ordonné !

— Ce n'est pas suffisant. J'en veux plus, demanda-t-il, le regard étrangement intense.

Il releva ses manches, révélant ses magnifiques tatouages.

Je détachai les yeux de son avant-bras et me concentrai de nouveau sur notre conversation.

— Que désires-tu ? Je ne suis pas sûre de savoir ce que tu recherches exactement.

Ses délicieuses fossettes se creusèrent dans ses joues lorsqu'il me sourit.

— Toi.

Je me réveillai en sursaut, le cœur battant la chamade. Je m'assis dans mon lit et appliquai une main tremblante sur mon visage.

Nom d'une papaye, c'était quoi, ça ?

Je suppose que tout ce temps passé avec Odin au boulot me déstabilisait plus que je le pensais, mais je n'avais vraiment pas besoin de faire des rêves coquins à propos de mon patron.

Je regardai l'heure et gémis. Il me restait encore une heure avant que mon réveil ne se mette à sonner, soixante minutes avant de devoir me lever de mon lit. Je m'effondrai sur mon oreiller et fermai les yeux, essayant de me rendormir en me retournant sur le côté gauche. Puis sur la droite. Je soupirai et tentai de regonfler mon traversin en lui tapant dessus. M'allongeai sur le dos et étalai mes cheveux sur mon coussin. Visualisai des moutons en train de sauter par-dessus des barrières. Pfff…

Tous mes efforts furent inutiles. Mon corps refusait toute sommation de revenir dans les bras de Morphée, tout ça à cause d'un rêve bizarre dans lequel Odin avait trouvé le moyen de s'incruster. Quel sale type ! Je le détestais.

Je grognai et roulai hors du lit, résignée. Visiblement, je n'allais pas pouvoir bénéficier d'un peu plus de sommeil, ce matin. Très bien. C'était le moment de passer au plan VDC. Vite Du Café !

Je me garai et descendis de ma voiture. Comme d'habitude, j'étais arrivée avec beaucoup d'avance. On ne perdait pas les bonnes habitudes aussi vite.

Mon Smartphone sonna, alors que je me trouvais dans le parking souterrain en direction des ascenseurs pour rejoindre les bureaux. Je le sortis de mon sac, fronçant les sourcils quand je vis le nom d'Odin s'afficher sur l'écran.

— Allô ?

Je coinçai l'appareil téléphonique entre mon oreille et mon épaule tandis que je remontais mon sac à main sur l'autre.

— Un latte avec supplément de crème. Sois dans la salle de conférence dans dix minutes.

Son ton hautain m'envoya une décharge d'agacement dans la colonne vertébrale.

Même pas un bonjour…

Décontenancée, je clignai des paupières. Il me prenait encore pour sa secrétaire. Ou sa boniche. Ce que, dans les deux cas, je n'étais pas. Sérieusement, il faudrait vraiment qu'il jette un coup d'œil sur mon contrat avant que je le lui colle moi-même sous le nez, après l'avoir agrandi dix fois, histoire qu'il puisse voir correctement les mots « vice-présidente ». Et… attendez ! Il avait bien dit réunion ? Normalement, il n'y avait personne à cette heure-ci dans les bureaux… Qu'est-ce que c'était encore que ça ?

Avant que je puisse dire quoi que ce soit, il raccrocha. Je regardai fixement mon téléphone puis l'enfonçai d'un geste rageur dans mon sac à main.

— Quel branleur ! marmonnai-je dans ma barbe.

Dix minutes. Il m'en fallait au moins cinq pour me rendre au trente-cinquième étage, sachant que l'ascenseur était légèrement défaillant depuis quelques jours. Ce qui voulait dire que je devais trouver le *Starbucks* le plus proche et demander deux cafés au lait en deux fois moins de temps, parce qu'il était hors de question que je ne m'en prenne pas un aussi. D'accord, rien de bien méchant.

J'entrai dans le magasin à l'enseigne verte et blanche, passai ma commande, la récupérai et retournais rapidement vers le bâtiment. Il me restait cinq minutes avant le début de ce qui devait avoir lieu dans la salle de conférence. J'étais totalement dans les temps.

J'appelai l'ascenseur.

Une fois à l'intérieur, je pressai le bouton correspondant à ma destination puis m'installai dans le fond et attendis.

Alors que les portes de la cabine étaient en mode de compactage des déchets, une main se glissa entre les deux plaques de métal, et les panneaux d'acier se rétractèrent. Qui que ce soit, il ne tenait pas à sa vie. Hier encore, un collègue s'était fait pincer par les mâchoires de fer de l'ascenseur. Vivement que le réparateur s'occupe du problème.

Mon cœur tomba à mes pieds quand je vis apparaître Odin. Bien sûr, il avait fallu que ce soit lui.

Il me lança un petit sourire qui me parut poli, mais également coincé. (Parce que tu l'as traité de connard arrogant, espèce de crétine).

Odin avança d'un pas et me prit le gobelet marqué à son nom dont il s'empressa de boire une gorgée.

— Merci, dit-il simplement avant de retourner s'installer là où il se tenait initialement.

Les portes se fermèrent et l'ascenseur se mit en route.

Je regardai mon verre en carton, mon sac à main sur le sol, les taches sur la porte du monte-charge, essayant de garder mon esprit occupé, mais le calme était trop dur à gérer. Je regrettais qu'il n'y ait pas de petite musique d'ambiance, comme ça, j'aurais pu me focaliser sur quelque chose. Du coup, comme il n'y en avait pas et que je détestais le silence, je ne pouvais décemment pas monter trente-cinq étages sans décrocher un seul mot à mon patron. J'étais un être humain, après tout !

— Tu es en avance, ce matin, lui dis-je, me fustigeant immédiatement devant l'étendue de ma stupidité lorsque je me trouvais face à lui.

Sérieusement, j'avais une maîtrise, et *ça*, c'était le mieux que je pouvais faire ? Je me plaignais que le gars me prenne pour sa secrétaire et je venais de lui fournir tout sauf la meilleure démonstration de mes compétences.

— Yep. Je suis là depuis un bon moment et j'en ai profité pour aller faire une petite promenade. J'apprécie assez de marcher au lever du soleil.

Et c'était à moi qu'il avait ordonné de passer au Starbucks, alors qu'il aurait pu le faire lui-même.

— Tu aimes bien marcher… au lever du soleil…, répétai-je bêtement.

Il hocha la tête et retira une peluche invisible sur sa manche et plongea une main dans sa poche.

Je jetai un coup d'œil rapide dans sa direction.

Il se déplaça et sortit sa main de sa poche.

Pendant ce temps-là, je fixais droit devant moi en évitant tout contact visuel dans les portes-miroir. Oh, oui… Le trajet jusqu'au trente-cinquième étage allait être *très* long.

Je regardai les petits chiffres rouges grimper, chaque numéro prenant son temps. Devais-je dire autre chose ? Ce serait impoli de ne pas le faire, mais encore une fois, j'étais celle qui s'était ridiculisée et qui l'avait insulté. Je devais peut-être me taire.

Bien entendu, j'échouai à suivre mon propre conseil. Le silence, surtout lorsqu'il était gênant, me donnait de l'urticaire et j'avais besoin de le combler. Je n'y pouvais rien, j'étais comme ça.

— Belle journée, hein ?

Il tendit les mains devant lui et me regarda.

— Oui. Profites-en , l'hiver devrait être dur.

— Oh ! Ça ne me dérange pas que ce soit dur !

Nooooooon ! Je n'avais quand même pas osé dire ça ? Vilaine langue. Vilaine bouche.

Si je ne tenais pas le café, je tenterais de me cacher dans une fissure du plancher de l'ascenseur – chose impossible puisque bien entendu celui-ci se trouvait être fait dans un beau marbre lisse et brillant.

Les fossettes d'Odin firent leur apparition, et je vis qu'il essayait par tous les moyens de ne pas rire.

— Vraiment ?

C'était moi ou il venait de saisir au vol ma perche involontaire et était en train de plaisanter avec moi ?

À la recherche d'une réplique percutante qui pourrait lui faire oublier ce que je venais de lui dire, je portai mon regard sur les portes-miroir de la cabine dans lesquelles, tout à fait *inconsciemment*, j'étudiai mon patron.

Mes yeux glissèrent sur son costume noir impeccablement bien ajusté sur son corps, comme s'il avait été cousu sur lui. En plus des mecs tatoués, j'avais un faible pour les types sur leur trente-et-un. Ils étaient le sirop d'érable qualité premium sur mes pancakes. J'adorais le sirop d'érable.

Mon regard se dirigea ensuite discrètement vers ses bras, puis il dévia plus bas, jusqu'*à l'*endroit où sa main gauche était enfoncée dans sa poche.

Note pour moi-même : Odin devrait vraiment porter des pantalons un peu plus moulants.

Il se racla la gorge.

Des signaux d'alarme retentirent dans ma tête. Oh. Nom d'une papaye… Il fallait de toute urgence que je détourne les yeux, avant qu'il ne pense que j'étais en train de mater son paquet sans vergogne. Ce que, avouons-le, j'étais *totalement en train de faire.*

Je voulus me gifler. Mais qu'est-ce qui me prenait *? Sérieusement, je n'*aurais jamais dû me permettre ce genre de choses.

Premièrement, parce que c'était absolument déplacé et hors de propos.

Deuxièmement, parce que, eh bien, Odin Tanaka était *mon patron.*

Troisièmement, parce que je lui avais fait une première impression exécrable, et une seconde tout aussi pourrie, soit dit en passant, et que depuis, on ne pouvait pas dire que ça se passait bien entre nous.

Quatrièmement, il n'y avait pas de quatrièmement. Et de toute façon, les trois points précédents étaient déjà amplement suffisants, non ?

C'*était la merde.*

Bien, bien, bien. Pas la peine de paniquer. Avec un peu de chance, il ne s'*était aperçu de rien.*

Nos regards se rencontrèrent dans le miroir. Odin leva un sourcil, et un demi-sourire sournois *étira* le coin de ses lèvres.

Oui, il m'avait totalement grillée.

Je laissai tomber ma tête en avant, et réprimai un petit grognement désespéré.

— On peut oublier ce que je viens de dire ? marmonnai-je.

— Mon devoir en tant que PDG consiste à laisser passer ce

genre de commentaires.

Je relevai brusquement les yeux.

Je ne comprenais pas. Il avait l'air assez amical, sociable. Tout le contraire de d'habitude. OK, il était peut-être temps de parler d'un sujet assez épineux pour moi.

— À propos de l'autre jour..., commençai-je d'une voix un peu stressée.

Il m'envoya un regard étrange que je ne pus décrypter. De toute façon, maintenant que j'étais lancée, autant continuer. Même si je doutais fortement que lui balancer un « Je suis désolée de t'avoir dit que tu étais un connard arrogant » soit hyper approprié.

— Oui ? me demanda-t-il.

Erf. Ça aurait été tellement plus commode s'il avait répondu: « Ne t'inquiète pas pour ça, c'est oublié ». Mais on était dans la vraie vie. Bien sûr qu'il n'allait pas me laisser m'en tirer aussi facilement. Surtout quand on connaissait son fichu caractère. Depuis qu'on bossait ensemble, il ne m'avait pas lâchée un instant, il n'avait même jamais été agréable, comme s'il voulait me faire payer quelque chose. Alors, pourquoi cela aurait-il changé aujourd'hui ?

Je serrai mes mains un peu plus autour de mon gobelet, comme si ma vie en dépendait et me décidait à me lancer une bonne fois pour toutes. Tant pis pour les conséquences.

Je déglutis péniblement avant de le regarder droit dans les yeux.

— Je suis désolée de t'avoir insulté. Je n'aurais jamais dû dire que tu étais un… Un…

Il se mordilla les lèvres. En fait, on aurait cru qu'il retenait un rire.

— Techniquement, tu m'as traité de connard arrogant.

Je baissai la tête, le feu aux joues. Bien sûr qu'il se souvenait parfaitement de ce que je lui avais dit.

— Techniquement, oui.

— Le diable est dans les détails, fit-il remarquer et je relevai les yeux vers lui, intriguée par son propos.

Un sourire narquois étira ses lèvres et ses fossettes me firent leur show. Qu'ils soient maudits, lui et ses superbes fossettes.

Je gémis. Mes pieds me pressaient de fuir n'importe où, hors de ce foutu ascenseur.

— OK, si je m'excuse encore, est-ce qu'on pourrait ne plus jamais, jamais en parler ?

Il ricana et leva la main, balayant l'espace d'un geste désinvolte comme si ma bombe de l'autre soir n'avait pas été un problème.

— C'est… (Il sembla chercher ses mots) rafraîchissant d'être insulté de temps en temps. Tout le monde devrait avoir droit à une petite injure par-ci, par-là, histoire de remettre les pendules à l'heure.

— Tu es sérieux ?

Il hocha la tête et même s'il continuait à me scruter d'un air plus sympathique que d'ordinaire, j'étais toujours aussi mal à l'aise.

— Je suis quand même sincèrement désolée. Je n'aurais pas dû m'emporter comme je l'ai fait.

Il me fixa et m'offrit un sourire. Un vrai, qui atteignait ses iris noisette. J'en eus le souffle coupé.

— Bon, d'accord. On oublie ce qui s'est passé.

J'ouvris de grands yeux stupéfaits.

— Sérieusement ?

— Tu sais, il m'arrive de reconnaître mes erreurs. Je me suis comporté comme le dernier des abrutis avec toi et ça t'a conduit à… l'autre soir. En toute honnêteté, je l'avais cherché.

Je penchai la tête de côté et scrutai l'homme que j'avais en face de moi avec attention.

— Qui êtes-vous et qu'avez-vous fait d'Odin Tanaka ? dis-je au bout d'un moment.

D'accord, ce n'était pas ma meilleure réplique, mais elle avait au moins l'avantage de montrer mon état d'esprit.

— J'avoue que je la méritais, celle-là, concéda mon boss dans un petit rire.

Je me contentai de hocher la tête.

Le silence se fit quelques instants puis Odin reprit :

— Alors, on dit qu'on repart du bon pied ?

M'encourageant du regard, il me tendit sa paume dans un geste de paix. Je l'inspectai avec un rien de méfiance, puis je décidai d'accepter sa demande de trêve. Je hochai la tête et lui rendis sa poignée de main.

— D'accord, on recommence tout à zéro, consentis-je dans un sourire.

Enfin, l'ascenseur s'arrêta au trente-cinquième étage. Odin s'effaça et me fit signe de sortir de la cabine en premier.

J'acquiesçai et passai devant lui, mon patron de bonne humeur me suivant de près. À peine quelques pas plus tard, je réalisais que j'avais oublié mon sac à main dans le monte-charge. Je fis immédiatement demi-tour.

Odin se tenait non loin de là, attendant que je ramasse mon précieux, un sourire au coin des lèvres. Lorsque je revins vers lui, il rit doucement.

— Il fallait que tu sois drôlement troublée pour que tu aies négligé de récupérer tes affaires !

Je lui jetai en regard en biais. Est-ce qu'il venait de dire ce que je pensais ?

— Ne crois pas y être pour quelque chose, râlai-je.

— C'est toi qui parles de moi. Je n'ai jamais rien insinué de tel.

Le clin d'œil qu'il me lança me fit comprendre qu'il plaisantait. Avec *moi*.

Je stoppai net, bouche bée, et le fixai comme s'il était devenu fou tandis qu'il continuait à avancer. Se rendant compte que je ne marchais plus à côté de lui, il regarda par-dessus son épaule, les sourcils légèrement froncés.

— Tout va bien ?

Je hochai la tête même si intérieurement, j'étais plus déroutée qu'autre chose.

— Tu viens ? insista-t-il gentiment.

Je fis un pas dans sa direction. Puis un autre. Apparemment, mes jambes avaient recouvré leur fonctionnalité. Parfait.

Arrivée à sa hauteur, je levai les yeux sur lui.

— Tu veux bien me parler de cette réunion ?

— Un nouveau client potentiel. J'avais dans l'idée de lui faire faire un tour des bureaux, histoire qu'il connaisse un peu mieux TDS. Qu'en penses-tu ?

— Que du bien.

— Alors, c'est parfait.

Il se tut un instant, sembla réfléchir à quelque chose, puis reprit :

— Autre chose, Miss McCall...

— Oui ?

— Est-ce que tu accepterais de déjeuner avec moi ?

J'avais dû mal entendre. Je n'avais pas un sommeil de compétition, ces derniers temps. C'était peut-être la raison pour laquelle j'avais cru qu'il me parlait d'aller manger quelque part, lui et moi.

— Pardon ?

— Un déjeuner. Pour manger. Généralement dans un lieu spécialement conçu pour ce genre de choses et connu sous le nom de restaurant.

J'avais donc bien compris sa question. On nageait en plein délire.

— Mais... Pourquoi ?

— Pourquoi, le déjeuner ou pourquoi, toi ?

Comme j'étais à court de mots, il poursuivit :

— Figure-toi que le midi, j'ai faim. Il se trouve également que j'ai des choses à me faire pardonner envers toi. Donc, je me suis fait la réflexion plutôt intelligente et pratique qu'on pourrait faire d'une pierre deux coups.

Je ne relevai pas son sarcasme.

— Déjeuner ?

— Ouais. Ça. Tu es d'accord ?

— Je...

J'hésitai un instant. Était-ce judicieux d'accepter ? En même temps, c'était lui qui l'avait proposé. Mais après tout, qu'est-ce que je risquais ? Rien, à ma connaissance. C'était justement l'occasion de repartir sur un bon pied comme il me l'avait dit, dans l'ascenseur.

— OK. Va pour un resto.

Un large sourire illumina son visage. Mon cœur manqua un battement. Odin était vraiment très beau lorsqu'il ne faisait pas la gueule. Plus que ça, même.

Il s'éclaircit la gorge et attrapa mon bras avec douceur pour m'intimer d'avancer.

— Bien. Puisque c'est entendu, allons à la réunion. Je ne veux pas être en retard.

Chapitre 26

Odin

En vérité, je n'avais pas eu l'intention d'inviter Miss McCall à déjeuner, mais pour une raison quelconque, je n'avais pas pu m'arrêter – mon cerveau et mon corps étaient passés en mode pilote automatique. Elle m'avait fait rire, et c'était quelque chose qui m'avait pris de court. Alors j'avais été le premier surpris au moment où les mots étaient sortis tous seuls de ma bouche et encore plus, quand elle avait accepté. Durant toute la réunion avec le client, je n'avais cessé de songer à ce repas et finalement, j'avais fini par me dire que l'idée était cool. C'était même plus que cela, cette perspective me plaisait carrément.

Pourquoi ? Parce qu'il fallait être aveugle pour ne pas voir que Prudence était belle.

Et intelligente.

Et aussi parce qu'elle m'intriguait depuis la première fois que je l'avais eue face à moi.

Et parce qu'elle n'avait pas peur de me rembarrer.

Et qu'elle était adorablement maladroite quand elle s'y

mettait.

Et qu'elle avait un superbe cul et que je n'arrêtais pas d'y penser depuis des jours.

Est-ce que j'avais dit qu'elle était drôle ?

J'étais si pathétique que ça ?

Non. Cette fille était un phénomène. Elle était... différente de ce à quoi je m'attendais et de toutes les nanas que j'avais pu croiser à un moment ou un autre de ma vie.

Et elle avait été incroyablement franche avec moi, au risque de mettre son poste en difficulté. Soyons honnêtes, je ne l'aurais pas virée, même après qu'elle m'avait traité de connard arrogant. Elle m'était indispensable pour plus d'une raison, mais je gardais ça pour moi.

Assis à mon bureau, je fermai les yeux et me laissai aller dans le fond de mon siège, rejouant dans ma tête notre conversation dans l'ascenseur. Sa façon de me parler. Ses excuses, un rien empruntées. Ses questions avant la réunion. Elle était différente *et* intelligente. Merde, si ça, c'était pas bien ! Prudence McCall ne cessait de me surprendre. Sa force de caractère, son entêtement... Elle...

En fait, je ne m'étais pas préparé à ça. Je ne m'étais pas attendu à *elle*. C'était comme si elle m'avait percuté de plein fouet.

C'était certainement à cause de ses yeux, décidai-je alors qu'une image d'elle me traversait l'esprit. Elle, surprise par mes propos, sa poitrine se soulevant plus rapidement. Je gémis et me réajustai, soudainement à l'étroit dans mon pantalon. J'avais un problème. Le sentiment de vivre une deuxième puberté où mes hormones étaient ébullition ne me quittait pas. J'avais beau faire, j'avais l'impression que toute pensée cohérente avait été réduite à un cocktail de sensations brutes. Tout ce qui restait était : besoin, vouloir. Des mots qui ne faisaient leur apparition que quand j'étais avec Miss McCall. Ou que je songeais à elle. Quelque chose en elle avait sans aucun doute possible révélé un côté primal chez moi.

Prudence était un soleil. Brillante, intense, dangereuse comme l'enfer. Que ça me plaise ou non, j'étais attiré par elle. Et j'en avais pris pleinement conscience lorsque nous étions allés manger ensemble ce midi.

Je l'avais emmenée dans un petit restaurant français que je connaissais. À peine installés, nous n'avions cessé de parler. Contrairement à toutes ces dernières semaines, cette fois, nous avions des choses à nous dire.

J'en avais appris un peu plus sur sa famille, avais ressenti encore plus d'admiration pour Miss McCall, lorsqu'elle me confia avoir dû veiller sur son frère et sa sœur à la mort de leurs parents. C'est là que j'avais eu l'impression d'avoir compris le lien existant entre mon père et elle. Il l'avait tout simplement pris sous son aile. Plus j'y pensais, plus je me disais que c'était ça. Cela expliquait le respect de Prudence pour Aaron, la loyauté de la jeune femme envers lui. Si je n'avais pas déjà eu la preuve qu'il n'était jamais rien arrivé entre eux, cette conversation me l'avait démontré.

De mon côté, je lui avais relaté mon enfance, lui avais parlé de mes sœurs, de ma mère et de tout ce qui avait été important dans ma vie. En fin de compte, nous n'avions pas cessé de discuter durant le repas et n'avions pas vu l'heure passer. C'est la raison pour laquelle nous avions été aussi surpris lorsque Miss McCall avait reçu un appel de Sophia De Leon, lui signifiant que nous devions revenir à la tour Tanaka pour une réunion de staff. Nous nous étions regardés, stupéfaits d'avoir partagé un si bon moment tous les deux, puis étions retournés au boulot en quatrième vitesse.

Depuis, j'étais dans mon bureau et j'avais le nez dans la paperasse. Et après ça, j'avais encore des tas de dossiers à traiter.

Des heures durant, je passais en revue les différents protocoles de sécurité, les tests de nos logiciels, étudiais des tableaux de données et la fin de la journée arrivant, je sentis que ma tête allait exploser.

Je fis courir mes doigts sur la surface lisse et brillante de mon bureau, réfléchissant à la conduite à tenir puis je décidai d'arrêter là pour aujourd'hui. De toute façon, j'avais besoin de repos. Le lendemain, j'allais devoir prendre l'avion pour aller à l'autre bout du pays, plus précisément à Vegas, pour une espèce de colloque, suivi d'un nombre incalculable de rendez-vous avec des prospects et quelques clients.

Lorsque j'œuvrais à mon compte, je devais également partir en déplacement, mais en devenant PDG de TDS, toutes mes responsabilités avaient augmenté exponentiellement. Honnêtement, je ne m'étais pas préparé à ça. Jamais je n'aurais dû prendre la succession de mon père. Pas si tôt.

Il allait vraiment falloir répartir les tâches.

Je ricanai en songeant que si je n'avais pas été si con avec Prudence, nous aurions fait ça depuis un moment et je ne me serais pas retrouvé avec une charge de travail aussi énorme. Mais j'avais péché par orgueil. Solveig avait vu juste. C'était un fait : j'avais été honteusement jaloux de Miss McCall. À cause de moi, pour des raisons ridicules, on risquait de perdre du temps et l'entreprise pourrait bien en pâtir. J'allais devoir assumer et mettre les bouchées doubles si je voulais limiter la casse. Je méritais vraiment des tartes.

Fort de cette résolution, je me levai d'un bond, rangeai un peu et m'emparai des dossiers que j'allais devoir compulser dans l'avion pour pouvoir être au top. Puis je rentrai chez moi. J'allais tout déchirer à Vegas. Et une fois de retour, j'allais faire ce qu'il fallait avec Miss McCall.

Il était temps que je lui montre que je lui faisais confiance.

Chapitre 27
Prudence

Sept jours s'*étai*ent écoulés depuis la réunion et mon déjeuner avec Odin. Mon boss s'*était absenté* quelque temps pour représenter TDS dans un colloque et aller à des rendez-vous professionnels et, d'après ce que j'avais compris en lisant les mails que nous avions échangés, cela s'*était plutôt bien déroulé. J'étais heureuse qu'*Odin s'investisse tant pour son entreprise. Il était assez doué dans ce qu'il faisait et avait de l'instinct, aussi je pensais sincèrement que la boîte de son père était entre de bonnes mains. Cela faisait maintenant plus de quatre mois qu'il était arrivé et plus le temps s'écoulait, mieux cela se passait. Aaron aurait été fier de son fils.

Comme j'avais assuré l'intérim durant l'absence de mon patron, j'avais dû suivre un agenda de folie et étais rentrée très tard tous les soirs. Aujourd'hui encore, j'avais été vissée sur ma chaise toute la journée, les yeux rivés sur l'écran de mon ordinateur portable, à finaliser des rapports pointant les chiffres des dernières semaines, pour pouvoir montrer à Odin que nous étions désormais dans une phase ascendante. À mon sens, il fallait qu'il puisse voir de ses propres yeux que depuis qu'il avait pris ses fonctions, les choses avaient joliment évolué. Ce n'était pas que je m'inquiétais plus que ça pour son moral, mais parfois de solides résultats faisaient du bien à l'ego et un patron de bonne humeur motivait bien mieux ses troupes.

Lorsque je relevai le nez et regardai l'heure dans le coin supérieur de mon ordi, je pris conscience qu'une fois encore, j'avais laissé filer le temps. Si je continuais ainsi, Piper et Parker allaient m'en vouloir à mort.

Le bip caractéristique de l'arrivée d'un mail résonna dans la pièce et je sursautai. Je cliquai dessus en voyant qu'il venait de mon patron.

De : O. Tanaka

À : Prudence McCall

Sujet : Tu es encore là ?

Miss McCall,

il faudrait voir à ne pas faire trop d'heures supplémentaires.

Je souris et tapais ma réponse.

De : Prudence McCall

À : O. Tanaka

Sujet : re Tu es encore là ?

Cher patron,

Je pensais que tu serais heureux d'avoir des employés qui ne comptent pas leurs heures.

Un nouveau mail ne tarda pas à arriver :

De : O. Tanaka

À : Prudence McCall

Sujet : re re Tu es encore là ?

J'ai besoin que mon bras droit soit au meilleur de ses capacités vu le travail qui l'attend.

Mon cœur manqua un battement et je levai les yeux vers les cieux, remerciant silencieusement celui qui avait mis dans la tête d'Odin que je lui servais à quelque chose.

J'allais lui envoyer un nouveau mail lorsqu'un autre arriva.

De : O. Tanaka

À : Prudence McCall

Sujet : re re re Tu es encore là ?

Est-ce qu'au moins, tu as dîné ?

J'hésitai un moment à lui répondre. En réalité, je fus tenté de lui raconter un mensonge, mais ça n'aurait été ni intelligent ni honnête. Si nous devions commencer à (enfin) avoir de bonnes relations de travail, il fallait que je me montre franche avec lui. Ne rien se cacher, se faire confiance, là était le secret d'une équipe qui gagnait.

Odin dut deviner mon dilemme, car il m'envoya un nouveau message.

De : O. Tanaka

À : Prudence McCall

Sujet : re re re re Tu es encore là ?

Viens dans mon bureau, s'il te plaît.

Je me levai et marchai jusqu'à son office comme il me l'avait demandé.

Lorsque j'arrivais, la porte était entrouverte et j'entrai sans prendre la peine de frapper. À l'heure qu'il était, nous étions seuls à l'étage et il ne devait rester que quelques retardataires zélés. Nous étions vendredi et la plupart de mes collègues étaient déjà en train de profiter d'un week-end bien mérité.

— De quoi avez-vous besoin, Monsieur Tanaka ?

Je ne savais pas pour quelle raison j'avais utilisé un ton aussi formel. Mes propres mots me semblèrent bizarres. Je n'avais pas l'habitude de l'appeler comme ça, ni de jouer les secrétaires soumises.

Odin releva la tête et me fixa sans rien dire, ses pupilles soudainement dilatées et sa posture plus droite. Un frisson me parcourut la colonne vertébrale.

Je toussotai, un peu mal à l'aise.

— Tu es là très tard, me fit-il de nouveau remarquer.

Je marchai vers lui et m'arrêtai à quelques pas du siège qui faisait face à son bureau.

— Je voulais avancer sur un truc et je me suis laissé prendre par le temps.

Il hocha la tête d'un air un rien réprobateur.

— Tu aurais dû rentrer chez toi il y a déjà des heures, mais je suis impressionné par ton sens de l'éthique, Miss McCall.

— Merci, monsieur.

Nous nous figeâmes tous deux lorsque je prononçai ces quelques paroles. Ils flottèrent entre nous un long moment avant qu'Odin ne reprenne sur un ton bourru :

— Je pense chacun de mes mots. Tu n'as pas besoin de me remercier pour t'avoir dit la vérité, Prudence.

J'aimais bien la façon dont mon prénom roulait sur sa langue. Ça avait quelque chose de chaud et riche, un peu comme du chocolat.

Je me pris à sourire légèrement.

— Ça te plairait d'aller manger un morceau ? me demanda-t-il.

— Eh bien, je…

— Tu finiras ton truc lundi, Miss McCall. Je m'en voudrais si tu tombais d'inanition, m'interrompit-il.

Je grimaçai.

— Ça aurait été avec plaisir, mais j'avais certifié à mon frère et à ma sœur que je rentrerais plus tôt et… eh bien, pour la promesse, c'est raté. Alors si je vais manger avec toi, je risque fort d'avoir droit à la gueule pendant des jours et…

Il balaya l'air d'un geste désinvolte.

— *Ça* va, j'ai compris. En tout cas, j'ai bien fait de te faire sortir de ton bureau, tu aurais pu y rester jusqu'*à demain*. Tu es un vrai bourreau de travail !

Je ris doucement, il avait parfaitement raison. Depuis quand me connaissait-il si bien ?

— Bon, tu devrais filer, me pressa-t-il gentiment.

J'acquiesçai puis le saluai et tournai les talons. Arrivée à la Porte, je me ravisai.

— Et si tu venais avec moi ?

— Tu veux dire, chez toi ?

— Ouais.

— C'est une invitation ?

Je penchai la tête de côté, pesai les conséquences qu'une telle décision pouvait avoir et lorsque je me rendis compte que cela n'avait pas plus d'importance que ça, je souris.

— Tout à fait. C'est une invitation.

Odin se leva aussitôt, attrapa son manteau et accourut vers moi. Je ris à gorge déployée en le voyant agir ainsi.

— Tu ne devrais pas te presser autant. Qu'est-ce qui te prouve que tu ne vas pas te rendre chez des psychopathes ?

— Je m'en fous, j'ai faim. Et puis, être invité chez Prudence McCall, ça n'arrive pas tous les jours !

Je secouai la tête, amusée et nous sortîmes tous deux.

— Il n'a pas l'air si terrible que ça, ton Satan, se moqua gentiment ma sœur tandis que nous mettions les assiettes dans le lave-vaisselle.

Une fois fini, je m'occupai de faire du thé et un café pour Odin, qui était resté dans le salon avec Parker. Ce dernier l'avait adopté dès le moment où mon patron avait posé les yeux sur la console et avait confié à mon frangin qu'il en possédait également une chez lui, même si elle était d'une autre marque.

Le dîner s'était bien déroulé et Odin s'était avéré être un convive absolument charmant, non pas que j'en eusse douté une seconde, et en moins de temps qu'il n'en avait fallu pour le dire, il avait ajouté Piper à son tableau de chasse. Et dire qu'il n'y avait pas si longtemps, elle avait été l'une de ses pires détractrices !

— Il a une petite amie ? me demanda ma sœur de but en blanc.

Je tournai les yeux vers elle.

— Comment veux-tu que je le sache ? Je te rappelle qu'il s'agit de mon patron ! Ce n'est pas comme si j'allais aller le voir pour lui poser des questions sur sa vie sentimentale !

— Ben, tu devrais.

Je secouai la tête, blasée.

— Parfois, petite sœur, tu as de drôles d'idées.

— Et parfois, tu devrais songer à aller consulter pour tes yeux, grande sœur.

Là-dessus, elle s'empara du plateau sur lequel étaient disposés les tasses et le sucre et je la suivis avec la théière et la cafetière en essayant de comprendre ce que sa charade pouvait bien vouloir dire.

Chapitre 28

Prudence

Juste avant de partir pour le travail ce matin, j'avais reçu un mail d'Odin me demandant de le rejoindre dans son bureau pour que nous discutions de quelque chose de crucial. J'arrivai donc un peu plus tôt, garai ma voiture et filai vers l'ascenseur avec mille questions en tête, notamment « qu'étaient ces choses importantes ? ». Pour le coup, il me faisait penser à Aaron qui avait la manie d'agir de la sorte.

J'appuyai sur le bouton et lorsque les portes de la cabine s'ouvrirent, j'y entrai et allais me poster à mon endroit habituel.

Odin apparut pile à cet instant.

La porte-miroir se referma derrière lui dans un doux chuintement. Je souris de contentement. Le réparateur était enfin venu. Plus personne ne manquerait de se faire pincer par les mâchoires d'acier. Une bonne chose d'accomplie.

Un peu mal à l'aise de me retrouver dans cet espace réduit avec mon boss, je croisais et décroisai mes mains puis finis par les placer dans mon dos. Au moins, comme ça, je ne risquais plus de passer pour une gamine incapable de s'arrêter de bouger.

Ce qui me mettrait les nerfs à vif, c'était que je ne savais pas quoi faire dans la situation présente. Odin et moi avions partagé une soirée amusante ensemble, avec ma famille, mais ce matin, nous étions de retour dans notre environnement de travail et j'ignorais si quelque chose avait changé entre nous ou pas. C'était peut-être de ça qu'il souhaitait me parler…

Mon cœur s'emballa soudain. L'éventualité qu'Odin eût décidé de remettre sur le tapis le règlement de la boîte était une option que je ne devais pas négliger. Le cas échéant, cela signifiait peut-être qu'il allait vouloir se débarrasser de moi, car il était possible qu'avec cette soirée, nous ayons violé je ne sais combien de règles concernant le fait de fraterniser avec un collègue.

Un sourire joua sur ses lèvres alors qu'il me regardait gigoter de façon ostensible dans les portes-miroir. Mon Dieu, j'avais commencé à me balancer d'un pied sur l'autre et je ne m'en étais même pas aperçue ! Quoi qu'il en soit, force était de constater que nos voyages en ascenseur n'avaient plus rien à voir avec ceux du début. Ces derniers temps, il s'était opéré un véritable retournement à cent quatre-vingts degrés au niveau de son comportement. C'était plaisant, bien qu'un peu flippant tout de même.

Sa voix grave et profonde s'éleva, me faisant l'effet étrange d'une caresse de velours.

— Comment ça va aujourd'hui ? me demanda-t-il gentiment.

Je toussotai, chassant immédiatement les idées incongrues qui venaient me polluer le cerveau.

— Bien. Fraîche comme la rosée. Au top ! répondis-je en me fustigeant intérieurement pour m'être montrée si tarte.

Nous nous tûmes durant le reste de l'ascension. Lorsque nous arrivâmes au trente-cinquième étage, Odin s'effaça pour me laisser passer et m'indiqua d'un geste de la main le chemin vers son office. Nous entrâmes et, tandis qu'il faisait le tour de son bureau, il me demanda de m'asseoir avant d'en faire de même.

En prenant place dans le siège situé en face du sien, je croisai les jambes et lissai nerveusement le dessus de mon pantalon.

Odin joignit ses mains et me scruta un moment.

— Je réfléchissais, hier soir, en rentrant.

— Oui ?

— Il y a ce dossier... Esmerald International...

Je sentis mes lèvres s'étirer en un petit sourire satisfait. Comme je l'avais déjà dit, j'avais auparavant collaboré plus d'une fois avec Julie Santorini, et qu'Odin m'ait éloignée sciemment de la dernière réunion avec elle m'avait salement touchée. Alors le fait qu'il m'en reparle ce matin me laissait entrevoir un peu d'espoir.

— Oui ? Que se passe-t-il avec cette entreprise ?

— J'aimerais bien qu'on y travaille ensemble. Ça te plairait ?

— Mais tellement !

— Tu es certaine que tu n'as pas trop de boulot ?

Résolue, je me redressai, décroisai et recroisai mes jambes... Le bout de mon escarpin frôla son pied sous le bureau. Nous nous figeâmes tous deux, ses yeux plongeant dans les miens. Ses pupilles se dilatèrent et sa pomme d'Adam semblait éprouver quelques problèmes à se mouvoir tandis qu'il déglutissait avec une difficulté évidente. Un frisson naquit à la base de ma colonne vertébrale et se répandit dans tout mon dos. J'eus soudainement un peu trop chaud.

Je raclai ma gorge et décidai de faire comme si ce moment n'était pas horriblement tendu et gênant pour tous les deux en reprenant la conversation là où nous l'avions laissée.

—Ne t'inquiète pas. Je peux m'occuper de toi.

Je manquai de m'étouffer en réalisant ce que je venais de dire et tentai de me raccrocher aux branches comme je le pus.

— De ça. Je veux dire, je peux gérer *ça*. Pas *toi*.

Je passai une main dans mes cheveux et réprimai un gémissement de honte.

Ses yeux noisette m'étudièrent longuement et je ne pus ignorer la chaleur qui en irradiait. Il attrapa sa lèvre inférieure entre ses dents, et toutes mes parties féminines se réveillèrent. J'imaginai alors ce que cette bouche aurait pu me faire ressentir en traînant sur mon cou, mes bras, mon...

Odin s'éclaircit la gorge et déboutonna son blazer.

— Tant que ça ne te pose pas de problème, je pense que tu peux t'en charger.

Je levai un sourcil. Attendez, de quoi on était en train de parler, là ?

Il dut certainement deviner ma confusion, car un sourire narquois releva le coin de sa bouche avant de disparaître aussitôt. Son expression se rembrunit sans que j'en comprenne la raison. Puis je percutai *enfin*.

Affreusement gênée, je croisai et recroisai encore mes jambes, veillant cette fois à rester aussi loin possible du pied d'Odin et toussotai un peu.

—Tu n'as pas une réunion prévue dans quelques minutes ?

— Oui. J'ai une conférence avec le conseil d'administration.

— Probablement pour le mieux, marmonnai-je pour moi-même.

Mon moi intérieur me hurla dessus.

Dans quel univers était-ce une bonne chose ?

Odin hocha la tête, son expression devenant professionnelle, presque distante. En fait, non, elle était carrément de marbre.

— Je le pense aussi, rétorqua-t-il sur un ton très sérieux et je compris qu'il avait entendu ma réflexion.

Lui comme moi glissâmes de nouveau dans nos rôles respectifs – tels que nous en avions l'habitude et tels qu'ils étaient censés l'être. Nous étions collègues. PDG et vice-présidente. À la rigueur, des connaissances amicales. Le changement d'ambiance était palpable, et je sentis soudain la pièce devenir glaciale.

Odin détourna le regard et se mit à tapoter le bout de son stylo contre son bureau, puis il reporta son attention sur moi. Quelque chose me dit que je n'allais pas apprécier ce qu'il était sur le point de me dire.

— Je suis désolé si je t'ai donné une fausse impression. Je... nous ne pouvons pas passer outre les règles qui régissent cette entreprise.

La température changea immédiatement, virant de polaire à aussi étouffante qu'un sauna et je sentis le rouge me monter irrémédiablement aux joues. Les mots de mon patron avaient le mérite d'être clairs et j'en ressentis une pointe d'humiliation, cuisante et malvenue. Une part de moi me serina que je n'avais pas à en être touchée. Odin n'avait rien dit de mal, il s'était contenté d'énoncer des faits totalement logiques. En termes profanes, cela signifiait qu'il ne pouvait rien avoir entre nous.

C'était tout ce que j'avais besoin de savoir. Et en réalité, ce rappel à l'ordre me rendait un grand service. C'était même exactement ce qu'il me manquait pour éradiquer ce fantasme débile d'être avec lui – en fait, ça n'avait rien de débile, mais me mentir à moi-même me permettait de me sentir mieux. Décidément, depuis que je l'avais aperçu à moitié nu, mon esprit me jouait de sales tours. Et puis, le souvenir de son torse parfait, musclé et puissant n'était pas si impérissable que ça, n'est-ce pas ?

Embarrassée, je baissai les yeux et chassai cette idée immédiatement. Je devais arrêter d'y songer à la moindre petite occasion. Nous travaillions ensemble, lui et moi. Et c'était tout.

— Bien sûr, dis-je en gardant mon visage impassible.

Là-dessus, je me levai et me dirigeai vers la porte.

— Miss McCall ?

Je me retournai.

— J'aurai besoin de toi en fin de journée pour parler du dossier *Esmerald International.*

Je hochai la tête.

— Tu sais où me trouver, lui répondis-je avant de quitter la pièce.

J'avais du travail qui m'attendait.

Chapitre 29

Prudence

J'étais en train de finir de lire un rapport lorsqu'Odin me convoqua dans son bureau. Je refermai le clapet de mon ordinateur et partis rejoindre mon boss. J'entrai, et remarquai qu'un profond sillon creusait son front, en outre, il portait ses lunettes – chose que je ne l'avais vu faire qu'à de rares reprises. J'aimais bien l'air qu'elles lui conféraient : plus jeune et plus sérieux. Ses cheveux en bataille, comme s'il avait passé les doigts dedans maintes fois, ajoutaient un petit plus à son côté geek sexy.

Je m'efforçai de ne pas sourire, je ne souhaitais pas qu'il y ait de malentendu entre nous, surtout après ce qui était arrivé dans son bureau la semaine précédente.

Il leva les yeux sur moi et je vis qu'il semblait complètement perdu, certainement à cause de la montagne de documents étalés devant lui.

— Tu veux que je t'aide à les remplir ?

Il hocha la tête et son soulagement était si visible au moment où il me glissa quelques dossiers que j'eus pitié de lui et me hâtai de prendre un siège pour le déplacer afin qu'il soit côte à côte avec le sien. Je jetai un regard à la paperasse et compris que nous en avions pour des heures. Je retins un soupir. Il y avait de fortes chances pour qu'encore une fois, je rentre tard à la maison. J'attrapai alors mon smartphone et envoyai un message à Piper, pour lui dire de ne pas m'attendre. Je savais qu'elle allait lever les yeux au ciel, mais Odin avait besoin de moi. Même si remplir la paperasse me donnait habituellement des boutons, je ne pouvais pas le laisser tomber.

Tandis qu'il prenait un dossier dans la pile et l'étudiait, je remarquai qu'il n'arrêtait pas de pencher la tête d'un côté puis de l'autre et de rouler des épaules tout en grimaçant.

— Tu as pensé à aller voir un chiropracteur ? lui demandai-je.

Il m'offrit un pâle sourire. Visiblement, il souffrait pas mal.

— Ça ou une masseuse, me répondit-il d'une voix bourrue. Je passerai un coup de fil demain matin à la première heure.

Il se frotta l'épaule et grogna quelques injures. Alertée, je fronçai les sourcils.

— Tu t'es fait une tendinite à force d'utiliser ton poignet pour signer au bas des documents et autres contrats ?

Il leva la tête et me lança un regard meurtrier.

— C'est mon épaule qui me fait souffrir, Miss McCall. Et pour tout te dire, je me suis fait mal en faisant des tractions. J'ai peut-être un peu trop forcé.

Il fit une nouvelle grimace comme il malaxait doucement ses trapèzes. J'imaginais alors Odin en train de soulever des poids, la sueur ruisselant son torse. Vraiment sexy.

Sans pouvoir m'en empêcher, je le dévorais des yeux. Sa

chemise noire était roulée jusqu'aux coudes, et je pouvais voir l'entrelacs de motifs recouvrant son avant-bras. Ce truc me rendait folle.

Avant de m'apercevoir de ce que je faisais, je lui demandai :

— Tu veux un massage ? Je veux dire, maintenant ?

Ses épaules se raidirent et lorsqu'il s'adressa à moi, je ne pus faire autrement que de remarquer la pointe de méfiance contenue dans son intonation.

— Je... ne crois pas que ce soit une bonne idée.

Je ne le pensais pas non plus, pourtant, je continuai sur ma lancée, avec l'intuition étrangement tenace que je courais à ma perte. Pire, j'argumentai.

— Tu aurais payé un parfait inconnu pour avoir un massage ! Je te le propose par pure bonté de cœur.

Odin soupira profondément et ancra son regard au mien.

— Prudence, on va avoir un problème...

Sa voix soudainement plus grave me déclencha un frisson lorsqu'il finit sa phrase :

— Être si près de toi me fait oublier qu'il y a des règles dans cette entreprise...

L'air quitta brusquement mes poumons, et ce qu'il venait de me balancer en pleine figure ne cessait de tourner dans ma tête. C'était tout bonnement insensé. J'étais vraiment mal. C'était une chose de flirter dans l'ascenseur ou lâcher quelques sous-entendus. C'en était également une de rêver de lui. Cependant, c'était une tout autre histoire qu'il dise ces mots à haute voix.

Cela devenait néanmoins problématique lorsque je me prenais à croire en ces paroles. Quelque chose changea instantanément entre nous. Est-ce que je le voulais ? Parce que si je me conformais aux règles dont il me parlait, j'en avais déjà enfreint plus d'une, ce qui signifiait que j'allais avoir des ennuis. Je ne savais vraiment plus où donner de la tête.

Selon moi, la meilleure chose à faire dans ce genre de situation était de trouver une excuse – n'importe laquelle et de me faufiler hors du bureau afin de retourner à mon travail.

Quelque chose dans son expression m'a empêché d'annuler mon offre. Ses iris étaient pleins de chaleur, de désir, et ils étaient dirigés vers moi. Franchement, je serais idiote de laisser passer cette opportunité.

— Miss McCall ? Pru ?

J'ignorais du mieux que je le pus la supplique contenue dans ses yeux noisette. Mais une fois encore, ma bouche prit le contrôle.

— Tes règles, elles disent quoi sur les massages ? Y a-t-il une section dédiée à ça ?

Il pinça les lèvres et le ton de sa voix baissa d'une octave lorsqu'il me répondit.

— Je ne pense pas qu'il y ait quoi que ce soit à ce sujet.

Je plaçai une main tremblante sur son épaule.

— Et si je te touche ? Il y a quelque chose en rapport à ça ?

Il se figea une poignée de secondes avant de se détendre sous mes doigts.

— Je ne crois pas qu'il y ait quoi que ce soit non plus là-dessus.

Il fit pivoter sa chaise pour me faire face et ses yeux glissèrent lentement sur mon corps. J'eus toutes les peines du monde à avaler ma salive.

— Pru…

Sa voix grave eut le même effet qu'une caresse sur ma peau. Je frissonnai.

Le silence retomba entre nous, assourdissant.

Il ancra son regard au mien et sous cette rare intensité, mon visage s'embrasa et mon pouls fit une embardée. C'était comme si le temps s'était suspendu, nous étions dans une sorte de bulle. Seuls nos respirations lourdes et le bourdonnement des ordinateurs emplissaient la pièce.

Et soudain, je capitulai, cédant à mon besoin de me rapprocher de lui. Je n'avais qu'à me pencher de quelques centimètres pour sentir son souffle sur le mien. Comme s'il n'avait attendu que ce signe de ma part, les grandes mains d'Odin trouvèrent mes hanches et m'attirèrent plus près, jusqu'à ce que mes jambes frôlent les siennes.

— Qu'est-ce qu'on fait ? dis-je dans un dernier sursaut de lucidité.

Il me désirait. Je le voyais dans son regard.

Fixant ma bouche, il murmura :

— J'en ai assez de jouer selon les règles établies. Je te veux depuis la première fois où tu es entrée dans mon bureau, même si je refusais de l'admettre. Tes grands yeux me font perdre la tête. Tes lèvres impertinentes me rendent dingue. Ton corps me rend cinglé. En fait, je n'ai pensé qu'à ça toute la journée. J'en rêve toutes les nuits, Pru.

Ma respiration se bloqua dans ma gorge lorsqu'il se rapprocha un peu plus, sa prise sur mes hanches se resserrant.

— C'est une mauvaise idée, non ?

— Oui.

Sa main remonta le long de mon bras dans une caresse légère pour se poser contre ma joue. Il y traça des arabesques compliquées puis il recommença son exploration jusqu'à ma nuque. D'une simple pression, il me fit me pencher vers lui. Il ne restait que quelques centimètres entre nous, et c'était assez près pour que son expiration soit mon prochain souffle. Ses yeux noisette s'assombrirent plus encore et j'y lus toute la faim et le désir qui faisaient écho aux miens. Il entrouvrit les lèvres tout en avançant son visage vers le mien, réduisant un peu plus l'écart qui nous séparait.

— On arrête ?

Ma voix n'était rien de plus qu'un infime murmure. Mais c'était ce qu'il convenait de dire, du moins, c'était ce que les vestiges de mes principes me criaient. Mais je m'en foutais de ces putains de valeurs morales. À cet instant, je ne voyais plus la moindre raison acceptable de stopper ce que nous étions sur le point de faire. Les seules choses qui me traversaient l'esprit étaient la chaleur que dégageait Odin et la nécessité douloureuse d'avoir beaucoup moins de vêtements.

Ses lèvres effleurèrent mon cou.

— Non.

Tout bascula.

Ses mains se retrouvèrent dans mes cheveux qu'il tira légèrement pour me faire incliner la tête jusqu'à ce que nos bouches se rapprochent. Ses lèvres douces caressèrent les miennes et je laissai échapper un soupir.

Une vague de chaleur se répandit depuis l'endroit où nous nous touchions jusque dans tout mon être. Chaque muscle, chaque centimètre carré de peau s'enflamma, tandis que sa langue traçait la courbe de mes lèvres, et je les entrouvris pour l'accueillir. Nouant mes bras autour de sa nuque, je m'approchai plus encore, je voulais m'abîmer en lui, c'en était presque désespéré.

Ses mains glissèrent jusqu'à atteindre le haut de ma jupe crayon, la faisant remonter sur mes cuisses. À mesure que notre baiser s'approfondissait, je me laissais descendre sur ses genoux, me retrouvant assise sur lui. Il s'écarta un peu, et me fixa avec une intensité, une chaleur et un désir évident dans son regard, puis il fondit de nouveau sur moi, semant un chemin brûlant le long de ma mâchoire, mon cou, ma clavicule.

Mes mains le caressaient avec avidité, mémorisant chaque centimètre de lui, chaque muscle. Malgré nos vêtements, Odin gémissait sous mes frôlements tandis que mes doigts migraient toujours plus vers le sud. Lors de mes nuits en solitaire, je m'étais demandé à quoi pourrait bien ressembler ce moment, quelle serait la texture de sa peau sous mes paumes et j'en avais enfin la réponse. La tête me tournait, j'étais grisée par la ferveur de notre baiser.

Un son strident perça à travers notre chaos. Le téléphone. Ce putain de téléphone. Nous nous figeâmes, nos lèvres scellées à celles de l'autre, le souffle court, le cœur battant la chamade. Toute la gravité de la situation nous rattrapa à cet instant précis.

Le téléphone continua de sonner. Nous nous fixions, Odin et moi, comme si nous étions incapables de faire autre chose. Puis je vis distinctement l'instant où la panique s'infiltra en lui, remplaçant le désir.

Cela me fit l'effet d'une douche froide.

Parce qu'à ce moment-là, une chose devint évidente aussi bien pour lui que pour moi : nous venions clairement de franchir la ligne rouge.

Le téléphone se tut enfin, et je tressaillis lorsqu'il se sonna de nouveau la seconde suivante.

—Tu devrais probablement répondre.

Il déglutit avec difficulté, ses yeux toujours braqués dans les miens.

— Oui. Je devrais faire ça.

Je me relevai maladroitement, remis ma jupe en place dans un geste hébété et marchai vers la porte, les jambes en coton.

— Je... je vais y aller.

Juste avant de franchir le seuil, je me retournai et me dandinai d'un pied sur l'autre. Mal à l'aise je cherchai quelque chose à dire. Quelque chose d'intelligent, si possible.

— Merci pour ça.

Je disparus avant de m'humilier un peu plus.

J'étais en train de prendre mon sac à main et vérifier que mes clés de voiture y étaient bien pour que je puisse rentrer chez moi, me doucher et partir pour ma soirée entre filles lorsque deux coups furent frappés à la porte de mon bureau.

Odin se tenait là, appuyé contre le chambranle. Je paniquai un peu, éprouvant le besoin urgent de l'éviter. Après ce qui s'était passé entre nous, je devais me recentrer. Mon job était un impératif, un point indispensable de ma vie et je n'allais pas tout foutre en l'air à cause de l'attirance que je ressentais pour mon patron, ça aurait été complètement stupide.

Comme il ne bougeait pas et continuait de me fixer avec intensité, je finis par me décider à lui parler.

— J'allais partir. Soirée entre filles. Tu as besoin de quelque chose ?

Il prit une profonde inspiration et la lueur tapie au fond de ses yeux me fit frissonner tant elle était féroce.

— Sors avec moi, Pru.

Je restai bloquée une seconde puis secouai la tête, sidérée.

— Je... Pardon ?

— Tu as bien entendu. Sors avec moi. Demain soir. Il faut qu'on voie jusqu'où tout ça nous mène.

— Il faut qu'on... Oh. Mon. Dieu. Tu es sérieux ?

— Mortellement. Ta réponse ?

Je fermai les yeux. J'avais besoin de me concentrer. De rester focaliser sur mes principes. Et pourtant, ma traîtresse de bouche répliqua sans que je lui en aie donné la permission.

— D'accord.

J'étais bonne pour l'asile.

Chapitre 30

Prudence

Tandis que nous mangions, j'observai Odin à la dérobée. Les verres étaient pratiques pour ça : je pouvais faire semblant de boire tout en regardant l'homme magnifique assis en face de moi.

Il m'avait emmenée dans un steak house du centre-ville d'Athens et juste après nous devions aller au cinéma. Pour un premier rendez-vous, c'était assez basique, mais moi, j'adorais. En fait, je n'étais pas sortie avec quelqu'un depuis un long moment – deux ans, pour être exacte – alors cette soirée en tête à tête me convenait vraiment. J'avais oublié ce que ça faisait qu'on vous ouvre la porte, vous tire la chaise et vous offre une rose. Oui, il m'avait offert une rose.

Odin n'était pas le connard qu'il voulait bien faire croire. Il était d'une gentillesse sans commune mesure, drôle, intelligent, serviable. Un vrai Boy-scout. Mais je m'étais aperçue que pour avoir droit à ce genre de faveurs, il fallait gagner sa confiance et j'étais heureuse qu'il me l'ait accordée.

Donc, Odin était un mec adorable ; ce qui faisait qu'à mes yeux, il était particulièrement dangereux.

Beaucoup de filles sous-estimaient l'effet d'un charmant garçon, tout simplement parce que la plupart d'entre elles fantasmaient sur le *bad boy*. Bien sûr, les mauvais garçons étaient attirants, du moins dans les livres – sérieusement : qui, à part moi, n'appréciait pas ces types sombres et redoutables qui ne promettaient rien d'autre que du sexe débridé et un inévitable chagrin d'amour, le tout, sur le siège d'une Harley ? Quelque part, un bad boy avait un côté exotique, comparé à la fiabilité, les principes, et la douceur du *good boy*. Mais contrairement à ce qu'on pouvait croire, un gentil garçon, c'était dangereux. C'était le genre de mec que tu voulais ramener à la maison pour le présenter à tes parents. Celui en qui ton père plaçait immédiatement sa confiance – après une partie de pêche entre hommes. Le *good boy* était ce genre de gars qui t'apportait le petit-déjeuner au lit. Le type même qui se dévouait pour affronter les files d'attente du samedi soir à la caisse des magasins bondés, après le boulot, simplement pour un pot de glace pralines et crème, parce que tu avais trop la flemme de sortir ou que tu étais trop déprimée après avoir passé des heures à chialer sur le canapé devant Avant Toi. Oui, les mecs gentils étaient le vrai danger. Parce qu'on ne s'en remettait pas comme ça lorsque cela se terminait. Et quelque chose me disait qu'Odin était justement dans cette catégorie.

C'était la raison pour laquelle j'avais passé les dernières vingt-quatre heures à dresser une liste de pour et de contre Odin. D'accord, j'avais accepté de sortir avec lui, mais maintenant que c'était réel, je commençai à craindre d'avoir pris la mauvaise décision. Odin me faisait peur. Je sentais que je pourrais tout à fait m'attacher à lui. En fait, je l'étais déjà. Je n'avais aucune idée du moment où c'était arrivé, mais c'était un fait : je tenais à lui plus que je l'aurais dû.

Pour récapituler, Odin était un mec gentil, mais un danger pour mon petit cœur tendre et avide d'amour. Et oui, il était mon patron. Du coup, sortir avec lui était probablement stupide, mais bon sang, il était sexy et semblait valoir le coup de se retrouver avec un bleu à l'âme.

Je réalisais que je devais être perdue dans mes réflexions depuis un bon moment, car je surpris Odin en train de me scruter avec attention.

— À quoi tu penses ? m'interrogea-t-il avec douceur.

— À toi.

— Comment ça ?

Je m'étais toujours montrée honnête avec lui – parfois peut-être un peu trop – alors mon explication ne dérogea pas à la règle.

— Je me demandais si j'avais bien fait d'accepter de sortir avec toi.

Le coin de ses lèvres se releva légèrement. Craquant.

— Et tu as trouvé la solution ?

— Peut-être que ça pourrait marcher, dis-je posément.

Visiblement soulagé par ma réponse, Odin m'offrit un large sourire.

— Moi aussi, je pense que toi et moi, ça peut fonctionner.

Mon cœur rata un battement avant de s'engager dans une course folle.

J'aimais qu'il me dise ce genre de choses, d'autant qu'il avait l'air d'y croire sincèrement. J'étais à coup sûr bien plus mordue que ce que j'avais imaginé.

Ce dîner avait été plaisant – je mentais, il avait été plus qu'agréable et n'avait fait que confirmer ce qui s'était passé à chaque fois qu'Odin et moi nous étions vus en dehors du bureau. S'il continuait à se montrer si parfait, j'allais finir par craquer irrémédiablement pour lui et c'était quelque chose que je ne m'autorisais pas puisque je n'avais aucune idée de ses sentiments pour moi. Alors oui, je l'aimais bien, mais je préférais rester prudente.

Sauf que garder mes bonnes résolutions s'avéra bien plus compliqué que prévu.

Déjà, parce que dès que nous avions quitté le restaurant, Odin m'avait pris par la main et ne m'avait plus lâchée. Cela m'avait touchée, compte tenu du fait que nous aurions pu tomber sur n'importe lequel des employés de TDS. Mais Odin semblait s'en moquer. J'étais la fille avec laquelle il sortait et cela ne le dérangeait pas de le montrer à la face du monde. Mon cœur avait fondu un peu plus à cet instant-là.

Ensuite, au cinéma, le choix du film n'avait pas été compliqué. Nous étions tombés d'accord en l'espace de trente secondes. Il nous avait fallu poser les yeux sur l'affiche du dernier Marvel pour savoir que c'était ce que nous irions voir. Selon toute vraisemblance, les blockbusters, c'était notre truc à tous les deux et j'en fus heureuse.

Durant toute la séance, il avait gardé son bras autour de mes épaules et j'avais appuyé à plus d'une reprise ma tête contre lui. Là, au plus près d'Odin, je m'étais sentie en sécurité. Et à ma place. Une part de moi en avait été effrayée, mais tout le reste l'avait convaincue que ce qui arrivait était normal et que c'était bien de se laisser aller, parfois.

Ce ne fut que lorsque nous sortîmes du cinéma que je commençais à être nerveuse. Je n'avais aucune idée de ce qui allait se passer ensuite. En parfait gentleman qu'il était, j'étais persuadée qu'il souhaiterait me raccompagner chez moi et peut-être convenir d'un autre rendez-vous, mais je n'avais pas envie de ça. Je n'espérais en aucun cas qu'il me dépose à la maison et tourne les talons. Je désirais qu'il poursuive ce qu'on avait commencé la veille et bien plus encore.

Je voulais passer la nuit avec lui.

Chapitre 31

Odin

Lorsque nous montâmes dans ma voiture, je tournai les yeux vers Prudence. Je n'avais aucune idée de la façon dont je devais agir à partir de maintenant ? s'il fallait que je la raccompagne ou…

Le regard qu'elle me lança en se mordillant la lèvre inférieure me fit immédiatement comprendre ce qu'elle désirait et je faillis perdre la tête sur le champ.

— Tu veux venir boire un café ?

— Chez toi ?

J'opinai et ma réponse fut récompensée par un sourire un rien coquin. Cette fille était tout simplement exceptionnelle.

Le trajet me parut interminable alors qu'il ne prit en réalité qu'une quinzaine de minutes. Je me sentais fébrile et j'avais l'impression qu'il en était de même pour ma compagne. Nous étions tous deux dans l'anticipation de ce qui allait se produire une fois que nous parviendrions chez moi. Je me promis que je ne lui sauterais pas dessus dès la porte refermée. Il me restait au moins une once de *self control* et c'était bien, car je crois que passer pour une brute aurait été un peu limite.

Arrivés à destination, je garai ma voiture dans l'allée. Nous en descendîmes et marchèrent jusqu'au porche en silence. Devant la porte, je sortis mes clés. Mes mains tremblèrent légèrement lorsque je les insérai dans la serrure et je dus retenir un juron. J'avais de nouveau dix-sept ans. Je m'effaçai pour laisser entrer Prudence tout en m'exhortant intérieurement au calme. Je ne voulais pas tout foirer.

Je refermai et je la conduisis dans la cuisine où nous déposâmes nos affaires sur l'îlot central, puis je préparai les boissons chaudes. Pru s'appuya contre le comptoir et me scruta intensément durant un long moment. Sous son regard perçant, je me sentis un peu intimidé.

— Quoi ? lui demandai-je.

Elle grimaça et pendant une seconde, j'eus peur qu'elle change d'avis et me dise de la ramener chez elle. Mais ce fut un tout autre discours qui franchit ses lèvres.

— Je ne veux pas de traitement de faveur au travail, me dit-elle d'une voix timide.

Je réprimai un soupir de soulagement et lui offris un sourire. Je saisissais parfaitement ses craintes et m'empressai de la rassurer.

— Je n'avais pas prévu ça.

Elle croisa les bras sur sa jolie poitrine et une lueur déterminée traversa son regard clair comme l'eau d'un lagon.

— Et si je dois foirer quelque chose, je veux être tenue responsable, comme tout le monde.

Encore une fois, je la comprenais. Pour la côtoyer tous les

jours ou presque, et parce que la première fois que nous nous étions rencontrés, elle avait abordé un sujet équivalent, je savais qu'elle souhaitait que sa réussite soit associée à son travail et pas au fait que nous sortions ensemble. Je l'admirais pour ça, car je connaissais d'autres femmes qui n'auraient pas eu le même genre de scrupules.

Je posai les yeux sur elle et la fixai intensément.

— Ne t'en fais pas. Tu travailleras aussi dur que tout le monde.

Elle hocha la tête et son beau visage s'éclaira.

— Alors on n'aura pas de problème, toi et moi.

Je souris et avançai vers elle pour la prendre dans mes bras.

Ses mains glissèrent sur mes biceps et les massèrent agréablement.

— Non, on n'aura pas de souci.

Je m'excusai auprès de Prudence et sortis quelques minutes pour aller mettre un linge sur la cage de Deadpool qui ne manqua pas de protester en me traitant de « connaaaaard », puis je revins dans la cuisine. Là, j'éteignis la cafetière, puis la bouilloire électrique. Après quoi, je remplis et posai les tasses brûlantes sur le comptoir et fis un pas vers Prudence qui s'était décalée pour me laisser de la place.

Je lui lançai un regard espiègle.

— Tu ne penses pas qu'on devrait sceller notre négociation par un baiser ?

— Pourquoi ai-je l'impression que tu serais prêt à trouver n'importe quelle excuse pour m'embrasser ? répliqua-t-elle en riant.

J'en profitai pour réduire le peu de distance qui nous séparait encore et me penchai vers elle.

Dès que nos lèvres se rencontrèrent, j'eus la confirmation que ce qui se passait entre nous était différent de tout ce que j'avais pu partager avec n'importe qui d'autre. Mon étreinte était affamée et dure. Je la repoussai contre le comptoir et saisis ses cheveux, inclinant sa tête pour avoir un accès plus profond à sa bouche.

Un gémissement d'approbation lui échappa tandis qu'un grognement primitif remonta du fond de ma gorge quand j'écartai ses jambes à l'aide de mon genou et pressai mon corps contre le sien, en la plaquant un peu plus contre l'îlot central.

Elle arracha ma chemise de mon pantalon et laissa courir ses mains le long de ma colonne vertébrale, se délectant de la peau de mon dos pendant que ma langue dansait contre la sienne. Lorsqu'elle fit glisser ses ongles de mes omoplates à mes côtes, je me raidis brusquement et je poussai mon bassin contre le sien dans un soupir éperdu.

— Mon Dieu, Pru... Qu'est-ce que tu me fais ? murmurai-je contre sa bouche avant de la recouvrir une nouvelle fois de la mienne.

Elle attrapa mes fesses et les pressa. Mes muscles se contractèrent sous ses doigts, et un plaisir ardent commença à enfler dans mes reins.

Haletant, je m'arrachai de notre baiser, mon érection toujours pressée contre elle. Je passai mes pouces sur ses mamelons, à travers le tissu fin de sa chemise et son soutien-gorge, et étudiais son visage, cherchant à évaluer ses réactions.

Elle aspira une goulée d'air et laissa tomber sa tête en arrière, ses mains encore accrochées à mon cul.

— Plus ? demandai-je, tout en me doutant de sa réponse.

— Oui.

Son timbre était si rauque que je le reconnus à peine. Je n'avais jamais rien entendu d'aussi bandant.

—Il faut que je te touche, Pru.

Mes yeux ne quittèrent pas les siens.

— J'en ai tant besoin que ça me fait peur, repris-je, une note vulnérable dans la voix.

Elle haleta.

— Putain, oui, fais-le.

Les doigts tremblants, j'ouvris son chemisier.

— Tellement belle..., chuchotai-je une fois que j'eus détaché le fermoir sur le devant de son soutien-gorge et mis ses seins à nu.

Elle étendit une main entre nous et entreprit de déboutonner ma chemise. Puis, comme je l'avais fait avec son vêtement, elle écarta les pans du mien, mettant mon torse à découvert. Un soupir involontaire lui échappa. Apparemment, elle aimait ce qu'elle voyait. Lorsqu'elle me caressa, je grognai en réaction.

— Ça fait du bien, lui indiquai-je lorsqu'elle passa ses doigts sur ma clavicule, puis sur mes pectoraux. Presque immédiatement, mon corps répondit violemment et je poussai contre elle, désespéré.

Elle et moi serions époustouflants dans un lit.

J'avais besoin d'un contact peau à peau et je saisis son visage dans mes mains, inclinai ma bouche sur la sienne pour approfondir notre baiser, puis soulevai Prudence dans mes bras. Ses jambes accrochées autour de moi, je nous conduis au salon et au canapé. Je l'allongeai et me penchai sur elle, puis me pressai sans attendre contre elle.

Je me mis à onduler contre elle et elle laissa échapper une plainte éperdue.

— Je sais. Moi aussi, j'en ai envie, murmurai-je en mordillant le lobe de son oreille.

Un autre gémissement et elle griffa mon cuir chevelu avec ses ongles. Je grognai en réponse, haletant. Je passai mes lèvres sur son cou et pris ses seins en coupe. Ses mamelons étaient durs, et quand je les encerclai de mon pouce et mon index, elle exhala une sorte de sifflement. Alors, je me penchai et titillai un téton du bout de ma langue. Prudence frissonna longuement, puis releva la tête pour me regarder, tandis que je m'occupais de l'autre. Ses pupilles dilatées brillaient d'un désir inassouvi et Seigneur que cette vision était érotique ! Reprenant là où je m'étais arrêté pour l'admirer, je laissai mes mains descendre le long de ses flancs jusqu'au-dessus de ses cuisses puis les fis remonter en suivant le même chemin, pendant que je mordillais légèrement la pointe de son sein. Elle manifesta son plaisir dans un sanglot involontaire. Elle était tellement réceptive ! Entre mes jambes mon érection était monumentale, presque douloureuse.

J'enfouis ma tête contre sa poitrine et traçai une ligne de baisers brûlants et humides sur sa peau douce.

— Je n'ai jamais désiré quelqu'un comme je te veux, Pru.

Jamais, murmurai-je d'une voix rauque en ancrant mon regard au sien et à cet instant précis, je compris que je ressentais plus qu'une simple envie d'elle.

Mon cœur s'emballa à cette pensée. J'en voulais plus. Plonger en elle. La faire mienne. Corps et âme. Toujours.

— Tu veux que j'arrête, Pru ? chuchotai-je contre son oreille, la main entre ses jambes. Parce que je le ferai si tu ne souhaites pas aller plus loin.

Elle essaya de répondre, mais elle semblait trop submergée de désir pour former des mots. Alors elle opina du chef et je laissai échapper un long soupir de soulagement.

— Dieu merci, parce que j'ai vraiment besoin de te sentir jouir.

Rapidement, je m'occupai de nous débarrasser de nos vêtements, les arrachant presque. Désormais, il ne lui restait plus que sa culotte et moi, mon boxer. Je me replaçai au-dessus d'elle, la sensation de son corps contre le mien me manquait trop, puis je plongeai mon regard dans le sien pendant que ma main dérivait lentement vers ses cuisses.

Elle gémit et arqua le dos lorsque je poussai la dentelle de son sous-vêtement sur le côté et explorai de mes doigts les doux replis de son intimité.

— Tu n'imagines pas ce que ça me fait d'être près de toi et de te toucher, dis-je.

Elle enroula ses bras autour de mon cou et me tint pendant que je glissais un doigt en elle, puis un deuxième. Mes lèvres couvrirent les siennes, étouffant ses plaintes. Puis je commençai à bouger ma main, allant et venant au même rythme que mon corps qui se pressait contre le sien et de ma langue dans sa bouche.

Je frottai mon pouce sur sa partie la plus sensible et elle s'arracha à notre baiser pour avaler une grosse goulée d'air. Moi aussi, j'étais à bout de souffle, alors que son corps tremblait sous mes caresses. La pousser jusqu'aux portes du plaisir m'excitait à mort, et cette pensée était presque suffisante pour me faire perdre l'esprit. J'étais au bord du précipice et pourtant, je n'étais pas encore en elle.

— Oui, Prudence, dis-je, en augmentant la pression de mes doigts. J'ai besoin de te sentir venir. Je veux te voir jouir.

Sa tête roula de droite à gauche et elle haleta, pantelante. Je faillis tout lâcher lorsqu'un long gémissement franchit ses lèvres.

— Oh putain, ouais… Partage ça avec moi, mon ange.

Chapitre 32

Odin

Jamais je n'aurais cru tomber amoureux de Prudence McCall et pourtant, c'était bien ce qui était en train de m'arriver. Chaque jour passant, je m'accrochais encore plus à elle et plus cela allait, moins je pouvais faire machine arrière. J'étais comme intoxiqué et tout ce à quoi j'aspirais était d'avoir ma prochaine dose d'elle. Cette fille allait causer ma perte, mais à vrai dire, je m'en foutais, Prudence était tout ce que je souhaitais.

Au travail, nous fîmes comme si de rien n'était, restant professionnels. Mais cela ne dura pas longtemps. Par ma faute, évidemment. L'avoir près de moi était une véritable torture. Il fallait que je la touche. Partout. Tout le temps. Dès que je le pouvais, je la coinçais quelque part et... Eh bien, je lui faisais l'amour. Et ouais, je nageais dans la félicité. Prudence était une réelle bouffée d'air pur et je commençais à croire que jamais je n'allais pouvoir me lasser d'elle.

Mais une part de moi ne pouvait s'empêcher de me susurrer que le bonheur ne durait pas, et que je me devais de rester sur mes gardes. J'en avais déjà fait les frais une fois et je n'allais pas tarder à tomber de haut une nouvelle fois. MAis prudence était différente, n'est-ce pas ?

Ce matin, je reçus la visite de Steven Porter, le type qui menait l'investigation sur les fuites à l'intérieur de TDS. Cela faisait des mois qu'il enquêtait incognito au sein de la société, mais jusque-là, il n'avait encore rien déniché. Alors quand je vis sa tête, je compris immédiatement qu'il avait, au bout du compte, mis le doigt sur quelque chose.

Je lui indiquai le siège en face du mien et attendis qu'il me fasse son rapport.

— C'est Luke Smith qui est responsable du problème de piratage du logiciel, me dit-il de but en blanc.

Même si j'étais en colère, une vague de soulagement me submergea. On avait enfin trouvé le connard qui avait copié et balancé notre programme sur le Net. L'enfoiré avait dû se faire des couilles en or.

— Vous avez collecté toutes les preuves nécessaires ?

Porter hocha la tête.

— Bien. Je crois que nous allons rendre une petite visite à Smith, alors, dis-je en me levant.

L'enquêteur quitta son siège à son tour et nous sortîmes de mon bureau. Juste au moment où je passai à hauteur du sien, Prudence m'interpella.

— Odin ! Est-ce que tu as deux minutes à m'accorder ? Il faut que je te parle de quelque chose !

Elle fronça les sourcils en apercevant Porter et je vis les questions qu'elle se posait traverser son regard. Sauf que je n'avais pas le temps de lui expliquer quoi que ce soit. Il fallait que j'aille au service développement et que je confronte Smith aux preuves que nous avions contre lui. J'hésitai un instant puis soupirait. De toute façon, elle allait bien le découvrir un jour ou l'autre.

— Tu peux venir avec moi, tu me parleras de ton truc plus tard. Pour le moment, nous avons quelque chose à régler de toute urgence, lui dis-je alors.

Prudence me fixa d'un air perplexe puis elle se leva et nous suivit. Une fois dans l'ascenseur, nous restâmes silencieux quelques secondes, puis Prudence n'y tint plus.

— Tu peux me dire ce qui se passe, Odin ? Et qui est avec toi ?

Porter lui tendit la main.

— Steven Porter, enquêteur.

Prudence fronça les sourcils et me lança un regard inquiet. Je n'avais plus le choix, il fallait que je lui avoue la vérité.

— Tu te souviens du logiciel piraté ?

— Euh... oui ?

— Lorsque j'ai pris mon poste, Francis est venu me trouver pour me parler des soupçons que mon père et toi aviez eus en découvrant un clone de notre produit en téléchargement sur d'autres plateformes.

— Je sais, c'est moi qui l'ai repéré par hasard, me dit-elle calmement.

— J'en ai été informé, en effet.

C'est là que ça allait devenir compliqué. Je n'avais aucune idée de la façon dont elle réagirait lorsque je lui aurais tout dit.

— Au début, j'ai pensé que c'était toi.

Elle blêmit.

— Tu peux répéter ?

Je baissai les yeux une seconde, un peu honteux puis les relevai vers elle.

— J'avais… comment dire ? La première fois que nous nous sommes rencontrés, je pensais que tu avais couché avec mon père pour parvenir au poste que tu occupais. Il était donc logique que j'imagine que tu pouvais être capable de tout. Y compris de voler l'un de nos programmes.

Le visage de Prudence devint écarlate et ses yeux… Oh, mon Dieu, ses yeux. La consternation et la tristesse que j'y décelai allaient me hanter pendant longtemps. Je l'avais déçue, je le savais et j'aurais voulu qu'une telle chose n'arrive jamais. Pourtant, je ne pouvais rien changer au passé, ni à ce que j'avais pensé d'elle à l'époque.

— Je n'aurais pas pu faire ça à Aaron, lâcha-t-elle sèchement.

J'avançai d'un pas vers elle, mais elle recula. Sa réaction me fit l'effet d'un uppercut et il me fallut un peu de temps avant de recouvrer mes moyens et m'expliquer.

— Je le sais maintenant, Pru. Tu es l'une des personnes les plus honnêtes que je connaisse. Mais sur le coup…

Je laissai ma phrase en suspens.

— Je comprends, trancha ma petite amie au bout d'un moment, mais la tristesse dépeinte sur ses traits me fit souffrir mille morts.

L'ascenseur s'arrêta à l'étage du service développement. Nous en sortîmes tous trois et avant que nous allions vers les bureaux, je conduis Prudence dans un coin pour terminer de lui exposer les faits.

— J'ai pris la décision d'engager quelqu'un pour... enquêter au sein de TDS et débusquer le fautif. Personne n'était au courant à part Francis et moi. Je voulais que cela reste secret, de manière à ne pas alerter le coupable. Il s'avère que c'est l'un de nos développeurs, Luke Smith, qui s'est amusé à...

Elle leva une main pour m'interrompre.

— Et tu ne t'es pas dit que ton bras droit avait le droit d'être mise dans la confidence ? Je te signale que je travaille en étroite collaboration avec toi, Odin. Je comprends que tu te sois méfiée de moi au début, mais ensuite... Tu m'as caché cette information alors que je croyais avoir gagné ta confiance ! Qu'est-ce que je dois penser maintenant, d'après toi ?

— Tu l'as entièrement, je te le jure, me défendis-je.

Elle secoua la tête.

— Excuse-moi d'en douter.

Sur ces mots, elle me passa devant moi et se dirigea d'un pas rapide en direction des bureaux des développeurs.

Je ne la revis pas de tout le reste de la journée.

Après l'effervescence de la matinée, nous avions décidé d'organiser une « réunion de crise » avec tous nos employés, afin de leur expliquer ce qui s'était passé. Après quoi, tout le monde était retourné à son poste. Sauf Prudence. Elle avait tout simplement disparu. En regardant mes mails, je découvris qu'elle m'en avait envoyé un dans lequel elle m'informait qu'elle rentrait chez elle, car elle était souffrante.

Je savais pertinemment qu'elle n'était pas vraiment malade, mais je ne le lui fis pas remarquer. À la place je lui répondis que je lui souhaitais de se rétablir vite.

Je pris immédiatement conscience que j'avais fait une erreur et que j'aurais dû lui dire autre chose, mais je désirais également lui donner du temps pour digérer les récentes révélations et qu'elle intègre bien le fait que j'avais été sincère avec elle.

Le lendemain, elle revint au bureau. Pendant une minute, je crus que tout était arrangé, mais lorsque je m'avançai vers elle pour l'embrasser et qu'elle recula, je compris que je m'étais lourdement trompé. Il était clair qu'elle ne voulait rien avoir à faire avec moi.

Il était hors de question que je laisse les choses se terminer comme ça entre nous. Ça aurait été stupide. J'étais prêt à tout pour lui montrer ce que je ressentais pour elle et lui faire entendre raison.

Mais pour cela, j'allais avoir besoin d'aide.

Chapitre 33

Prudence

Durant des jours, j'évitais Odin autant qu'il était possible de le faire.

Je comprenais les raisons qui l'avaient poussé à garder son enquête secrète, mais une part de moi se sentait flouée. J'avais l'impression d'être revenue à la case départ, à ceci près que nous n'étions plus à couteaux tirés. Notre relation avait évolué, nous formions une bonne équipe et j'avais eu l'audace de croire qu'il me faisait vraiment confiance. J'étais tombée de haut, lorsque j'avais découvert que cela n'avait pas été le cas. J'étais déçue. Triste. Abattue.

En réalité, c'était même pire que cela, je me sentais trahie. Après toutes les batailles que nous avions menées l'un contre l'autre, il m'avait semblé que les lignes avaient bougé. Que nous étions passés à autre chose. Mais je m'étais trompée, visiblement, et m'en rendre compte avait été douloureux. Odin n'avait pas joué franc jeu avec moi alors que je m'étais ouverte à lui et que… bon sang, nous avions fait l'amour ! J'avais même commencé à tomber amoureuse de lui. Bon, d'accord : je l'étais carrément.

Mais une relation sans confiance était vouée à l'échec. Et

quand bien même cela me brisait le cœur, je ne pouvais pas continuer ainsi. Du moins, pas tant qu'il ne serait pas convaincu de ma loyauté envers l'entreprise, envers lui. Il avait beau dire qu'il me croyait incapable d'agir comme l'avait fait Luke Smith, le fait qu'il avait tenu cette enquête secrète prouvait le contraire.

Après une journée harassante au bureau, je rentrai chez moi et filai prendre une douche. Ces derniers temps, j'étais crevée et n'avais pas d'énergie. C'était certainement dû au fait que je dormais peu, depuis peu, mais surtout, Odin me manquait. Sa chaleur, son regard, ses baisers. Mais peut-être était-ce mieux ainsi.

En sortant de la salle de bains, j'enfilai mon pantalon de yoga et mon t-shirt *Coldplay*. Ce vêtement était comme mon humeur et comme mon cœur : usé et en lambeaux.

Je soupirai et descendis dans la cuisine pour me faire un thé. Normalement, j'aurais dû aller boire un coup avec les filles, ce soir, mais j'avais annulé au dernier moment. Je n'avais pas vraiment envie de mettre le nez dehors et par-dessus tout, je ressentais le besoin presque vital de me retrouver seule. Une part de moi me disait que j'en faisais des caisses pour pas grand-chose, mais quand même, j'avais des bleus à l'âme.

Une fois la bouilloire en route, j'ouvris le frigo à la recherche de quelque chose à manger, mais j'abandonnais très vite, mon appétit s'étant brusquement fait la malle. Je soupirai et retournai me poster auprès du comptoir et attendis que mon eau arrive à ébullition.

J'étais en train de remplir mon mug lorsque Piper fit son entrée dans la cuisine. Je tournai la tête vers elle et lui offris un petit sourire. Elle leva les yeux au ciel avant de souffler d'agacement.

— Ne me dis pas que tu es encore déprimée par cette histoire !

— Non, je...

— Arrête. T'as vu ta tête ?

Elle alla vers le comptoir et se servit un thé avant de revenir sur ses pas et s'installer autour de l'îlot central. Là, elle me fixa avec insistance.

— Tu te rends compte que tout ceci est ridicule, Pru ?

Je baissai les yeux sur ma tasse.

— Si tu le dis.

Ma sœur soupira une nouvelle fois.

— Tu veux que je te dise ?

— Vas-y... De toute façon, c'est pas comme si je pouvais t'en empêcher !

— Je pense que tu cherches et trouves n'importe quelle excuse minable pour ne pas te mettre avec Odin.

Je relevai la tête, stupéfaite. Mais où donc allait-elle dégotter toutes ces conneries ?

— Piper, tu fais fausse route.

Ma sœur leva les bras au ciel, à la fois en colère et dépitée.

— Je ne sais plus quoi faire de toi, Pru. Tu as la chance de tomber sur un type bien et tu fous tout en l'air parce qu'il t'a vexée.

— Il ne m'a pas...

— Ose prétendre le contraire, m'enjoignit-elle en me fixant avec défi.

Je ne cherchai pas à discuter avec elle. Lorsqu'elle avait une idée en tête, rien ne pouvait lui faire changer d'avis. Elle était persuadée que j'étais démoralisée, mais elle se trompait. Je ne me morfondais pas. J'avais juste besoin qu'on me laisse tranquille. Qu'on me laisse du temps et... bon, peut-être que j'étais un peu déprimée, mais ça allait me passer.

Soudain, Piper sursauta et je la vis sortir son smartphone de sa poche arrière. Elle le consulta quelques secondes, puis reposa l'appareil sur l'îlot central et descendit de sa chaise, un grand sourire aux lèvres.

Intriguée, je lui demandai :

— Qu'est-ce qu'il y a ?

—Rien de spécial, sœurette. Mais on dirait bien que le vent va tourner.

Sur ces paroles sibyllines, elle sortit de la pièce. Quelques instants plus tard, j'entendis la porte d'entrée se refermer et des bruits de pas approcher dans ma direction.

Je fronçai les sourcils puis me mis à sourire en voyant Sam et Sophia débarquer.

— Qu'est-ce que vous faites ici ?

Mes amies vinrent m'embrasser puis Sophia dit avec emphase :

— Réunion de crise !

Je ricanai et me tournai vers ma sœur.

— C'est toi la responsable, j'imagine ?

— Non, c'est moi.

Et là-dessus, Odin nous rejoignit. Mon cœur manqua un battement tandis que j'essayais de comprendre ce qui se passait.

— Parkeeeeeer ! hurla Piper en direction du couloir. On lève le camp !

Comme à son habitude, mon petit frère dévala l'escalier avec la grâce et la légèreté d'un troupeau de gnous avant de faire une apparition dans la cuisine. Il salua les filles, puis cogna son poing contre celui d'Odin.

— Bonne chance, mec, lui dit-il.

Je réagis enfin.

— Comment ça, bonne chance ? Et puis, qu'est-ce que c'est que tout ce bordel, pourquoi vous êtes tous là ?

Sam haussa les épaules.

— T'inquiète, on ne va pas s'éterniser. Soph et moi, on embarque Parker et Piper. Toi, tu restes ici avec Odin. Vous avez besoin de discuter.

Et juste comme ça, ils quittèrent la cuisine. Peu après, la porte d'entrée claqua et je me retrouvai seule face à Odin.

Nous demeurâmes silencieux un moment et, à vrai dire, ça m'allait bien ainsi. Je focalisai mon attention sur autre chose que l'homme debout à quelques pas de moi., faisant glisser mes yeux sur les murs de la pièce, notant au passage les tâches qui s'étaient formées avec le temps. J'allais devoir passer un coup de pinceau là-dessus, un de ces jours. Et peut-être aussi sur les placards.

— Pru…

Je ne répondis pas.

— Prudence, il faut qu'on parle. S'il te plaît.

— Et pour se dire quoi, au juste ?

Il poussa un soupir frustré.

— Tu avais raison sur un point.

Je me décidai enfin à lui faire face et l'observai, attendant qu'il en dise plus. Un demi-sourire étira le coin de ses lèvres et il reprit la parole.

— J'aurais dû te parler de cette enquête. Tu es mon bras droit et tu aurais dû être dans la confidence. Je suis désolé.

Je hochai la tête.

— Excuses acceptées, O…

Il leva une main pour m'interrompre.

— Prudence… Stop. Je n'ai pas fini.

Je refermai la bouche, me demandant ce qu'il pouvait bien avoir à me dire.

— Laisse-moi t'informer que tu as eu tort sur quelque chose. Pour une fille aussi intelligente que toi, c'est vraiment moche de te planter comme ça.

Je levai les yeux au ciel, vaguement agacée.

— Je te fais confiance, Prudence McCall. Je comprends que c'est difficile à avaler et cela dit, c'est le cas. Je te le jure. Pourtant,

Dieu sait que je ne le voulais pas. Après Monica, je me suis promis que je ne croirai plus aveuglément qui que ce soit. Et toi, je ne sais comment, tu m'as fait baisser les barrières que j'avais érigées. Je t'ai détestée pour ça. De la même manière que j'étais jaloux de toi.

Je haussai les sourcils, stupéfaite.

— Jaloux ? Mais de quoi ?

Odin fit quelques pas dans ma direction et vint s'asseoir juste à côté de moi. Sa proximité me fit du bien et lorsqu'il me prit la main, je le laissais faire.

— C'est idiot, je l'avoue, mais aux yeux de tous, tu semblais tellement parfaite. Tu avais noué une relation exceptionnelle avec mon père. Celle que j'aurais aimé avoir avec lui, si je suis honnête. Mais comme tu le sais, nous avions coupé les ponts lui et moi. Quoi qu'il en soit, je suis arrivée chez TDS, j'étais le petit nouveau malgré mon rôle de PDG et toi, tu étais déjà dans la place et tu maîtrisais tout. Les gens te souriaient, plaisantaient avec toi. Avec moi, ils se montraient méfiants.

Je ne pus m'empêcher de prendre leur défense.

— Il leur fallait un temps d'adaptation, c'est tout. Mais j'imagine que marcher dans les pas de ton père n'a pas dû être simple pour toi.

Odin haussa les épaules, comme si ça n'était pas si important que ça.

— On s'y fait, à la longue. En tout cas, sache que travailler avec toi a été la meilleure chose qui me soit arrivée, Miss McCall, conclut-il d'une voix douce comme une caresse.

Le silence se fit de nouveau et je savourai la sensation de la main d'Odin autour de la mienne. C'était apaisant.

— Pru… Il faut que tu cesses de m'ignorer. Je n'en peux plus de cette situation. Je veux qu'on reprenne là où on s'est arrêtés.

Je laissai aller un soupir triste.

— On ne peut pas, Odin. Ça ne serait pas raisonnable.

Il se rembrunit aussitôt.

— Et pourquoi cela ?

Une vague de frustration gonfla en moi tandis que j'énumérais les choses qui faisaient qu'on ne pouvait pas être ensemble.

— Pour commencer, tu es mon boss. Il y a des règles et…

Il se mit à rire.

— Tu viens de le dire, je suis le patron. Les règles, principes, normes, dispositifs et autres procédures, je les fais et les défais quand je veux. Trouve une raison un peu plus valable, Pru. Et ne me sors pas le truc de la confiance, parce qu'on en a déjà discuté.

Oui, on en avait parlé et pour tout dire, j'avais vraiment envie de croire à ce qu'il m'avait affirmé. Mais j'avais été blessée et…

— Mes amies et ma sœur m'ont offert un vibromasseur pour mon anniversaire. Il se trouve que je lui ai donné un petit nom…

Il écarquilla les yeux puis me fixa d'un air complètement perdu.

— C'est quoi le rapport ?

— Je… Euh… Je l'ai appelé… Odin.

Il explosa de rire.

— Sérieusement, je te faisais cet effet-là ?

Je soufflai d'agacement.

— Ça va, monsieur l'arrogant ! On a la preuve que tu lis tes dossiers avec attention… Mon anniversaire a eu lieu avant notre rencontre.

— Tu vois ? On était fait pour s'entendre ! C'était écrit ! décréta-t-il d'un air fier de lui.

Je renonçai à ajouter quoi que ce soit, visiblement, monsieur avait réponse à tout. J'allais lui lancer un regard noir lorsque je vis qu'il avançait une lippe boudeuse.

— N'empêche que je suis jaloux d'un vibromasseur, maintenant.

Je soupirai, blasée, devant un Odin qui ne trouvait rien de mieux que de se moquer de moi. Au bout d'un moment, il finit tout de même par recouvrer son calme.

Croisant les bras sur son torse il me demanda :

— Bon, tu as une autre objection ?

Puisqu'il y tenait, je lui donnais la première idée qui me passa par la tête :

— J'ai un chat.

Il se figea et battit des cils plusieurs fois d'un air totalement largué.

— Le rapport, je te prie ?

— Tu as un perroquet. Les chats et les perroquets ne vont pas ensemble. Imagine si Georges décidait de manger Deadpool ?

— Alors ce foutu poulet ne m'insulterait plus. Ça me rendrait un sacré service, en fait !

J'éclatai de rire.

— C'est vrai qu'il est sacrément vulgaire, cet oiseau.

Le sourire qu'il m'offrit me fit fondre.

— C'est de la faute d'Anton et Jed. Ils n'ont rien trouvé de mieux que de lui apprendre des répliques du film Deadpool. En fait, ça les faisait marrer.

— Sympas, tes potes !

— Tu n'as pas idée. Je te les présenterai, promis.

— Ah ?

— Oui. Et ils vont t'adorer.

Soudain, il redevint plus sérieux et lâcha ma main. Un instant passa puis Odin s'éclaircit la gorge.

— Je t'aime, lança-t-il de but en blanc.

J'écarquillai les yeux.

— Qu...

Il ne me laissa pas le temps de finir.

— Je crois que je suis tombé amoureux de toi lorsque tu m'as traité de connard arrogant. Et maintenant que tu le sais, je veux que... Je souhaiterais qu'on fasse un bout de chemin ensemble, histoire de voir où ça nous mène. Enfin, au cas où tu voudrais bien de moi.

Mon cœur se mit à battre la chamade. Au cas où je voudrais bien de lui ?

— Odin… Tu as confiance en moi ?

— Pru… on ne va pas recommencer…

Je mis un doigt sur ses lèvres pour le faire taire.

— Réponds-moi.

— Bien sûr que j'ai confiance en toi.

— Alors, écoute ça : je t'aime, Odin Tanaka. J'ai réagi comme une imbécile et… Et oui, je veux de toi.

Il se pencha vers moi et posa sa main sur ma nuque pour me rapprocher de lui. Son regard plongea dans le mien et j'y lus tout l'amour qu'il me vouait. Toute sa confiance. Et les promesses à venir.

Lorsqu'il scella ses lèvres aux miennes, je sus avec certitude que le bout de chemin allait être sans fin. Et j'adorais l'idée.

Épilogue

Prudence

Faire l'amour avec Odin était divin. Sans mauvais jeu de mots. Nous deux, dans un lit ? C'était explosif. Et quand bien même nous étions ensemble depuis deux ans, je ne me lassai pas de nos ébats. Loin de là. Ce que je préférais ? M'endormir et me réveiller dans ses bras. Un peu comme ce matin, d'ailleurs. Je souris bêtement et me collai au plus près de mon petit ami. Mon fiancé, pour être précise.

Sa proposition, il me l'avait faite quelques semaines auparavant et elle avait été pour le moins originale. Un soir, alors que nous étions chez lui, en train de manger de la glace devant une série Netflix, son perroquet était venu se poser sur la table basse et m'avait demandé de l'épouser. J'avais accepté immédiatement. D'épouser Odin. Pas Deadpool.

Je regardai la bague de fiançailles briller à mon doigt. Nous n'avions pas encore décidé de la date à laquelle nous allions nous marier. Ça nous prendrait quand ça nous prendrait. Et puis, le principal était que nous soyons ensemble, non ?

— À quoi tu penses, Miss McCall ? me demanda mon fiancé avant de déposer un doux baiser sur mon front.

— J'étais en train de songer au bonheur que c'est de me réveiller dans tes bras tous les matins.

— Tu vois ? Je le savais qu'on allait être bien, tous les deux ! Et dire que tu ne voulais pas m'écouter.

Je lui envoyai une tape sur le torse pour plaisanter.

— Ça va, on ne va pas en reparler tout le reste de notre vie, quand même ! J'ai eu tort de te fuir, tu as eu raison de me courir après. Tu es content, tu as ton quota pour aujourd'hui ?

Il rit doucement et m'embrassa avec tant de ferveur que lorsque nous nous arrachâmes l'un à l'autre, nous étions tous deux pantelants. Et dire que pendant un moment de stupidité, deux ans plus tôt, j'avais risqué de me passer de ça… Heureusement que j'avais changé d'avis !

— Je réfléchissais à un truc, hier soir, commença Odin en roulant sur le dos.

Je me tournai vers lui et me hissai sur un coude.

— Oui ?

— Où est-ce que tu veux vivre ? Ta maison ou la mienne ?

On ne s'était pas vraiment interrogés sur ce sujet, nous nous contentions de squatter une semaine chez l'un, une semaine chez l'autre. Avec le temps, on s'était habitués, ça ne nous posait pas vraiment de problème. Mais puisqu'il me le demandait, peut-être étais-je la seule à ne pas être gênée de la situation ?

— Ça t'embête de faire des allées et venues ?

Il me sourit tendrement.

— Faut toujours que tu comprennes les choses de travers, Miss McCall. En fait, je me disais que peut-être, je pourrais vendre ma maison et venir m'installer ici. Je sais à quel point ce lieu te tient à cœur, c'est le foyer que vos parents vous ont légué, à tes frangins et toi. C'est l'endroit où vivent Parker et Piper. Je n'aimerais pas vous séparer, tous les trois. Et puis, cette maison est assez grande pour accueillir ton fiancé et son perroquet, non ?

—Il faudra trouver une solution pour Georges et Deadpool. Je ne voudrais pas qu'il arrive un malheur à l'un ou à l'autre. Ils ont de ces fichus caractères ces deux-là !

Odin me fit face et passa un bras autour de moi. Un sourire tendre éclairait ses traits.

— Tu parles, ils vont faire comme nous. Ils vont s'adorer.

Fin

Remerciements

Mettre le point final à un roman est une chose plus difficile qu'on ne le pense. Et je dois avouer que pour celle-ci, ça a été particulièrement pénible. Pourquoi ? Parce que Prudence et Odin sont, je crois, mes personnages préférés de l'univers. J'ai adoré raconter leur histoire. J'ai ris, me suis fâchée avec eux. Et je m'y suis énormément attachée.

Alors, j'espère que vous aussi serez touché d'une manière ou d'une autre par Pru et Od'.

À Will, mon graphiste et mari qui me soutient envers et contre tout, malgré mes hauts et mes bas. Merci. Et je t'aime.

À mes enfants que j'aime plus que tout et qui semblent bien vivre avec le fait d'avoir une maman complètement folle. Pareil, je vous aime plus que l'univers et tous ses multivers – et même plus que l'univers Marvel, c'est dire.

À ma meilleure amie, parce qu'elle est ma première fan, qu'elle me fait rire et m'aide à garder les pieds sur terre.

À Clem, ma binômette adorée. Comme tu le sais, t'es une partie de mon cerveau. Love you, Sis'

Aux blogueuses, car vous faites un sacré travail.

Aux lectrices, parce que vous êtes là depuis le début, ou

parce que vous venez tout juste de me découvrir, MAIS parce que vous me lisez. Merci pour tous vos encouragements, tout l'amour que vous me donnez.

À vous tous…

Un grand merci !

Des bisous,

Maddie

Avant de partir

J'espère que vous avez passé un bon moment en compagnie de Odin et Prudence.

N'hésitez pas à déposer votre avis sur Amazon !

Encore un mot

Si vous voulez des infos exclusives, suivre mon actualité, mes sorties…

C'est par ici !

http://eepurl.com/dhgN4r

Dépot Légal Octobre 2019

Printed by Amazon Italia Logistica S.r.l.
Torrazza Piemonte (TO), Italy

12156135R00176